卞尺丹几乙し丹卞と
Translated Language Learning

Alices Abenteuer im Wunderland

Пригоди Аліси в Країні Чудес

Lewis Carroll

Льюіс Керролл

Deutsch / Українська

Runter in den Kaninchenbau
У кролячу нору

Alice fing an, sehr müde zu werden
Аліса почала дуже втомлюватися
Sie saß neben ihrer Schwester auf der Grasbank
Вона сиділа біля сестри на трав'яному березі
aber sie hatte nichts zu tun
Але їй не було чого робити
Ihre Schwester las ein Buch
Її сестра читала книжку
Ein- oder zweimal schaute Alice in das Buch
раз чи два Аліса заглядала в книжку
aber das Buch enthielt keine Bilder oder Gespräche
Але в книзі не було ні картинок, ні розмов
"Was nützt ein Buch ohne Bilder?", dachte Alice
«Яка користь від книжки без картин?» — подумала Аліса
"Warum sollte ein Buch keine Gespräche führen?"
— Чому в книзі немає розмов?
Aber sie hatte noch andere Dinge zu bedenken
Але в неї були інші речі, які треба було врахувати

"Es wäre ein Vergnügen, eine Kette aus Gänseblümchen zu machen"

«Зробити ланцюжок з ромашок було б одне задоволення»

"Aber lohnt es sich, aufzustehen und die Gänseblümchen zu pflücken??"

"Але чи варто докладати зусиль, щоб встати і зібрати ромашки??"

Das war nicht so leicht zu denken

Про це було не так просто подумати

weil sie sich an diesem Tag schläfrig und dumm fühlte

Тому що день змушував її почуватися сонною і дурною

aber plötzlich wurden ihre Gedanken unterbrochen

Але раптом її думки перервалися

ein weißes Kaninchen mit rosa Augen lief nah an ihr vorbei

Поруч з нею пробіг Білий Кролик з рожевими очима

Es war nichts übermäßig Bemerkenswertes an dem Kaninchen

У кролику не було нічого надто примітного

und Alice fand das Kaninchen auch nicht bemerkenswert

і Аліса теж не вважала кролика нічим примітним

auch überraschte es sie nicht, als das Kaninchen sprach

I її не здивувало, коли Кролик заговорив

»O je! Ich werde zu spät kommen!« sagte er zu sich selbst

— Ой, рідненький! Я запізнюся!» — сказав він сам до себе

aber dann tat das Kaninchen etwas, was Kaninchen nicht tun

але потім Кролик зробив те, чого не робили кролики

das Kaninchen zog eine Uhr aus der Westentasche

Кролик вийняв з кишені жилета годинник

Er schaute auf die Uhr und eilte dann weiter

Він подивився на час, а потім поспішив далі

Alice erhob sich erstaunt

Аліса здивовано підвелася на ноги

Sie hatte noch nie zuvor ein Kaninchen mit Weste gesehen!

Вона ніколи раніше не бачила кролика в жилеті!

noch hatte sie je ein Kaninchen mit einer Uhr gesehen!

I вона ніколи не бачила кролика з годинником!

Alice brannte vor neuer Neugierde

Аліса горіла новою цікавістю

und sie rannte über das Feld hinter dem Kaninchen her

I вона побігла по полю за Кроликом

Sie kam gerade noch rechtzeitig, um das Kaninchen verschwinden zu sehen

Вона якраз встигла побачити, як кролик зник

Das Kaninchen hüpfte in einen großen Kaninchenbau hinab

Кролик стрибнув у велику кролячу нору

Im nächsten Augenblick stürzte Alice hinter dem Kaninchen her!

Ще мить — і Аліса пішла за кроликом!

Der Kaninchenbau ging geradeaus wie ein Tunnel

Кроляча нора йшла навпростець, як тунель

und der Tunnel ging noch eine Weile weiter

I тунель продовжував йти на деяку відстань

und dann senkte sich der Weg plötzlich hinunter

I тут стежка раптом опустилася вниз

Alice hatte keinen Augenblick, daran zu denken, ob sie sich zurückhalten sollte

Аліса ні хвилини не думала про те, щоб зупинити себе
Sie fiel hin und hinunter und hinunter
Вона помітила, що падає вниз і вниз
Es schien, als sei sie in einen sehr tiefen Brunnen gefallen
Здавалося, ніби вона впала в дуже глибокий колодязь
Entweder war der Brunnen sehr tief, oder sie fiel sehr langsam
Або колодязь був дуже глибокий, або вона падала дуже повільно
denn sie hatte viel Zeit zum Fallen
Тому що у неї було достатньо часу, щоб впасти
Als sie fiel, konnte sie sich umsehen
Коли вона падала, вона могла озирнутися навколо себе
Zuerst versuchte sie herauszufinden, wohin sie ging
Спочатку вона намагалася розібрати, куди йде
aber der Brunnen war zu dunkel, um etwas zu sehen
Але в колодязі було надто темно, щоб щось розгледіти
Dann blickte sie auf die Seiten des Brunnens
Потім подивилася на стінки колодязя
Und sie bemerkte, dass überall um sie herum Schränke standen
І вона помітила, що навколо неї стоять шафи
und rings um den Brunnen waren Bücherregale
А навколо криниці стояли книжкові полиці
Hier und da sah sie Karten und Bilder, die an Pflöcken hingen
То тут, то там вона бачила карти і картини, вивішені на кілочках
Im Vorbeigehen nahm sie ein Glas aus einem der Regale
Проходячи повз, вона зняла банку з однієї з полиць
Das Glas wurde für seinen Inhalt gekennzeichnet
Баночка була промаркована за її вміст
"MARMELADE AUS ORANGEN"
"МАРМЕЛАД З АПЕЛЬСИНІВ"
Aber zu ihrer großen Enttäuschung war das Marmeladenglas leer
Але, на її велике розчарування, баночка з мармеладом

виявилася порожньою
Sie wollte das leere Marmeladenglas nicht fallen lassen
Вона не хотіла кидати порожню баночку з-під мармеладу
und ihr Fall war sehr langsam
І падіння її було дуже повільним
So schaffte sie es, das Marmeladenglas in einen der Schränke zu stellen
Так вона примудрилася поставити банку з мармеладом в одну з шаф
Nieder, hinunter, hinunter fiel sie!
Вниз, вниз, вниз вона падає!
Würde der Fall jemals ein Ende haben?
Чи закінчиться коли-небудь падіння?
Es gab nichts anderes zu tun
Більше робити було нічого,
so fing Alice bald an, mit sich selbst zu reden
Тож незабаром Аліса почала розмовляти сама з собою
»Dinah wird mich heute abend sehr vermissen, sollte ich meinen!«
"Діна буде дуже сумувати за мною сьогодні ввечері, я повинен подумати!"
Dinah war Alices Katze
Діна була кішкою Аліси
»Ich hoffe, sie werden sich an ihre Untertasse mit Milch zur Teezeit erinnern.«
«Сподіваюся, вони згадають про її блюдце з молоком під час чаювання»
»Dinah, meine Liebe, ich wünschte, du wärst hier unten bei mir!«
— Діна, моя люба, я б хотіла, щоб ти була тут зі мною!
Alice fühlte, als würde sie einschlafen
Аліса відчула, що задрімає
Und dann plötzlich, dumpf! Bums!
А потім раптом, туп! Туп!
Sie fiel auf einen Haufen Stöcke
Внизу вона впала на купу палиць
und sie landete auf einem Haufen trockener Blätter

І вона приземлилася на купу сухого листя
Und endlich war der lange Sturz in das Loch vorbei
І нарешті довге падіння вниз по ямі скінчилося
Alice war kein bisschen verletzt
Аліса анітрохи не постраждала
und sie sprang in einem Augenblick auf
І вона за мить схопилася
Sie blickte auf, aber es war alles dunkel über ihr
Вона підвела очі, але над головою було все темно
Vor ihr lag ein weiterer langer Korridor
Перед нею був ще один довгий коридор
und das weiße Kaninchen war noch in Sicht
а Білий Кролик все ще був на виду
Er eilte den Korridor hinunter
Він поспішав коридором
Es war kein Augenblick zu verlieren
Не було жодної хвилини, щоб бути втраченою
davonlief Alice wie der Wind
побігла Аліса, як вітер
um die Ecke drehte sich das Kaninchen
З-за рогу повернувся кролик
Sie kam gerade noch rechtzeitig, um das Kaninchen zu hören
Вона якраз встигла, щоб почути кролика
"Oh, meine Ohren und Schnurrhaare"
"Ох вже мої вуха і вуса"
"Wie spät es wird!"
— Як пізно!
Sie war dicht hinter dem Kaninchen
Вона була тісно позаду кролика
Sie bog um eine weitere Ecke
Вона обернулася за інший кут
aber das Kaninchen war nicht mehr zu sehen
але Кролика вже не було видно
Sie befand sich in einer langen, niedrigen Halle
Вона опинилася в довгому низькому залі
Der Saal wurde von einer Reihe von Deckenlampen

erleuchtet

Зал освітлювався рядом стельових світильників

Überall im Saal gab es Türen

По всьому залу стояли двері

aber alle Türen waren verschlossen

Але всі двері були замкнені

Sie ging den ganzen Weg an der einen Seite des Flurs hinunter

Вона пройшла весь шлях по одному боці коридору

Und sie war den ganzen Weg auf der anderen Seite des Flurs hinaufgegegangen

І вона пішла аж по той бік зали

Sie hatte jede Tür ausprobiert

Вона перевірила всі двері

Und sie ging traurig in der Mitte des Saales entlang

І вона сумно йшла посеред зали

"Wie komme ich da mal wieder raus?"

— Як я знову вийду?

Plötzlich stieß sie auf einen kleinen Tisch

Раптом вона натрапила на маленький столик

Der Tisch wurde komplett aus massivem Glas gefertigt

Стіл був повністю виготовлений з цільного скла

Auf dem Tisch lag nichts als ein winziger goldener Schlüssel

На столі не було нічого, крім крихітного золотого ключика

Der Schlüssel könnte zu einer der Türen gehören!

Ключ може належати одній з дверей!

Aber ach! Einige der Schlösser waren zu groß für die Schlüssel

Але, на жаль! Деякі замки були занадто великими для ключів

und für die anderen Schlösser war der Schlüssel zu klein

а для інших замків ключ був замалий

aber auf jeden Fall öffnete der Schlüssel keine der Türen

Але, у всякому разі, ключ не відчинив жодних дверей

Aber was sollte sie tun?

Але що їй було робити?

Sie ging wieder durch den Saal

Вона знову пройшла через зал

Und diesmal bemerkte sie einen niedrigen Vorhang

І цього разу вона помітила низьку завісу

Hinter dem Vorhang war eine kleine Tür

За завісою були маленькі дверцята

Die Tür war etwa fünfzehn Zoll hoch

двері були близько п'ятнадцяти дюймів заввишки

Sie probierte den kleinen goldenen Schlüssel im Schloss aus

Вона спробувала маленький золотий ключик у замку

Und zu ihrer großen Freude passte der Schlüssel ins Schloss!

І на її превелику радість, ключ помістився в замок!

Alice öffnete die Tür

Аліса відчинила двері

und sie fand, daß die Tür in einen kleinen Korridor führte

І вона побачила, що двері ведуть у маленький коридор

Der Korridor war nicht viel größer als ein Rattenloch

Коридор був не набагато більший за щурячу нору

Sie kniete nieder und blickte den Korridor entlang

Вона стала на коліна і подивилася по коридору

Und sie sah den schönsten Garten, den du je gesehen hast

І вона побачила найпрекрасніший сад, який ви коли-
небудь бачили

**wie sehr sie sich danach sehnte, aus dieser dunklen Halle
herauszukommen**

Як вона прагнула вибратися з тієї темної зали

**wie sie sich wünschte, zwischen diesen leuchtenden Blumen
zu wandern**

Як їй хотілося блукати серед тих яскравих квітів

Wie cool die Erfrischung dieser Brunnen aussah

Як круто освіжаюче виглядали ті фонтани

**aber sie konnte nicht einmal ihren Kopf durch die Tür
stecken**

Але вона навіть не могла просунути голову в дверний
проріз

»Oh,« sagte Alice traurig

- О, - сумно сказала Аліса

**»wie sehr wünschte ich, ich könnte mich zusammenfalten
wie ein Fernrohr!«**

— Як би мені хотілося скластися, як підзорна труба!

**"Ich glaube, ich könnte mich zusammenfalten wie ein
Teleskop"**

"Я думаю, я міг би скластися, як підзорна труба"

"Wenn ich nur wüsste, wie ich anfangen sollte"

"Якби я тільки знала, з чого почати"

Alice ging zurück an den Tisch

Аліса повернулася до столу

**Es bestand die Möglichkeit, einen weiteren Schlüssel zu
finden**

Був шанс знайти інший ключ

Oder es gibt ein Buch mit Regeln

Або може бути книга правил

**Das Buch könnte ihr sagen, wie man sich wie ein Teleskop
zusammenfaltet**

Книга могла б розповісти їй, як складатися, як підзорна

труба
Diesmal fand sie ein Fläschchen
Цього разу вона знайшла маленьку пляшечку
"Diese Flasche war gewiß vorher nicht hier," sagte Alice
— Цієї пляшки тут уже точно не було, — сказала Аліса
Und um den Flaschenhals war ein Papieretikett gebunden
А на шийці пляшки зав'язана паперова етикетка
Das Etikett war wunderschön in großen Buchstaben gedruckt
Етикетка була красиво надрукована великими літерами
"TRINK MICH"
"ПИЙ МЕНЕ"
»Nein, ich werde erst nachsehen«, sagte sie
— Ні, я спочатку подивлюся, — сказала вона
"Ich werde sehen, ob die Flasche als giftig gekennzeichnet ist oder nicht."
«Я подивлюся, чи позначена пляшка як отруйна чи ні»,
weil sie die Lektion über das Gift nie vergessen hat
Тому що вона ніколи не забувала урок про отруту
"Wenn eine Flasche als giftig gekennzeichnet ist, wird sie Ihnen bestimmt nicht zustimmen"
«Якщо на пляшці є позначка «Отруйна», вона обов'язково з вами не погодиться»
Diese Flasche war jedoch nicht als giftig gekennzeichnet
Однак ця пляшка не була позначена як отруйна
so wagte Alice es, den Inhalt der Flasche zu kosten
Тож Аліса наважилася спробувати вміст пляшки
Sie fand die Flüssigkeit ganz nach ihrem Geschmack
Рідина їй цілком припала до душі
Das Getränk hatte einen gemischten Geschmack
Напій мав своєрідний змішаний смак
Kirschkuchen, Vanillepudding und Ananas
вишневий пиріг, заварний крем і ананас
Gebratener Truthahn, Toffee und Toast mit heißer Butter
Запечіть індичку, іриски та тости з гарячим вершковим маслом
und bald trank sie die Flasche aus

І незабаром вона допила пляшку
"Was für ein merkwürdiges Gefühl!" sagte Alice
— Яке цікаве відчуття, — сказала Аліса
"Ich klappe mich zusammen wie ein Teleskop!"
— Я складаюся, як підзорна труба!
Und sie faltete sich tatsächlich zusammen wie ein Teleskop!
І вона справді складалася, як підзорна труба!
Sie war jetzt nur noch zehn Zentimeter groß
Тепер вона була лише десять дюймів заввишки
und ihr Gesicht erhellte sich bei ihren Gedanken
І обличчя її посвітлішало від думок
Jetzt hatte sie die richtige Größe für das Türchen
Тепер вона була відповідного розміру для маленьких
дверей
Jetzt konnte sie in diesen schönen Garten gehen
Тепер вона могла піти в той чудовий сад
Bald hörte sie auf, kleiner zu werden
Незабаром вона перестала ставати менше
Sie beschloß, sofort in den Garten zu gehen
Вона вирішила відразу ж піти в сад
aber wehe der armen Alice!
але, на жаль для бідної Аліси!
Sie kam zur Tür
Вона підійшла до дверей
Aber sie hatte den kleinen goldenen Schlüssel vergessen
Але вона забула про маленького золотого ключика
Sie ging zurück zum Tisch, um den Schlüssel zu holen
Вона повернулася до столу за ключем
aber sie merkte, daß sie nicht hoch genug greifen konnte
Але вона виявила, що не може піднятися досить високо
**Sie konnte den Schlüssel ganz deutlich durch das Glas
sehen**
Вона цілком виразно бачила ключ крізь скло
Sie versuchte, die Beine des Tisches hinaufzuklettern
Вона спробувала залізти на ніжки столу
Aber das Glas war viel zu rutschig
Але скло було занадто слизьким

Irgendwann erschöpfte sie sich mit dem Versuch
Врешті-решт вона втомилася від спроб
Und das arme kleine Mädchen setzte sich hin und weinte
А бідна дівчинка сіла і заплакала
Alice sprach ziemlich scharf mit sich selbst
— досить різко заговорила сама до себе Аліса
"Komm, es hat keinen Zweck, so zu weinen!"
— Ходімо, даремно так плакати!
"Ich rate dir, gleich aufzuhören!"
— Раджу зупинитися саме в цю хвилину!
Sie gab sich im Allgemeinen sehr gute Ratschläge
Вона взагалі давала собі дуже добрі поради
obwohl sie nur sehr selten ihren eigenen Rat befolgte
Хоча вона дуже рідко слідувала власним порадам
und sie war manchmal zu streng mit sich selbst
І вона іноді була занадто сувора до себе
und ihre Worte trieben ihr Tränen in die Augen
І її слова викликали сльози на очах
Bald fiel ihr Blick auf einen kleinen Glaskasten
Незабаром її погляд упав на маленьку скляну коробочку
Der kleine Glaskasten lag unter dem Tisch
Маленька скляна коробочка лежала під столом
In dem Glaskasten befand sich ein sehr kleiner Kuchen
У скляній коробочці лежав дуже маленький торт
Auf dem Kuchen waren einige Worte schön geschrieben
На торті були красиво написані якісь слова
die Worte waren in Johannisbeeren markiert worden
Слова були позначені на смородині
"MICH ESSEN"
"З'ЇЖ МЕНЕ"
"Nun, ich werde den Kuchen essen," sagte Alice
- Ну, я з'їм торт, - сказала Аліса
"Und wenn mich der Kuchen größer werden lässt, kann ich den Schlüssel erreichen"
"І якщо торт змусить мене стати більшим, я зможу дотягнутися до ключа"
"Und wenn mich der Kuchen kleiner werden lässt, kann ich

unter die Tür kriechen"

"А якщо торт змусить мене стати меншим, я можу залізти під двері"

"Also so oder so komme ich in den Garten"

"Так що в будь-якому випадку я потраплю в сад"

"Und es ist mir egal, was von beidem passiert!"

— І мені байдуже, що з двох станеться!

Sie aß ein wenig von dem Kuchen

Вона з'їла трохи торта

und sie sprach ängstlich zu sich selbst:

І вона занепокоєно сказала сама до себе:

"In welche Richtung? In welche Richtung?"

"В який бік? В який бік?»

und sie hielt die Hand auf den Kopf

І вона тримала свою руку на голові

Sie wollte spüren, in welche Richtung sie wuchs

Вона хотіла відчувати, в який бік вона росте

Sie war ganz überrascht, als sie erfuhr, was geschehen war

Вона була дуже здивована, дізнавшись, що сталося

Sie war gleich groß geblieben!

Вона залишилася того ж розміру!

Also verdoppelte sie dieses Mal ihre Bemühungen

Тож цього разу вона подвоїла свої зусилля

Und bald war der ganze Kuchen fertig

І незабаром вона доїла весь торт

Der Pool der Tränen
Калюжа сліз

"Das wird immer interessanter!" rief Alice

«Це стає все цікавіше!» — вигукнула Аліса

Man kann sehen, dass sie sehr überrascht war

Бачите, вона була дуже здивована

"Ich öffne mich wie das größte Teleskop, das es je gab!"

— Я відкриваюся, наче найбільший телескоп, який коли-небудь був!

»Auf Wiedersehen, Füße! Oh, meine armen kleinen Füße"

— До побачення, ноги! Ох, бідні мої ніжки"

"Ich frage mich, wer euch jetzt die Schuhe anziehen wird, meine Lieben?"

— Цікаво, хто вам тепер взується, дорогі?

»und ich frage mich, wer Ihre Strümpfe anziehen wird?«

— А цікаво, хто одягне твої панчохи?

"Ich werde viel zu weit weg sein"

«Я буду занадто далеко»

"Ich werde mich nicht mehr um dich kümmern können"

«Я більше не зможу турбуватися про тебе»

In diesem Augenblick schlug ihr Kopf gegen etwas

Саме в цей момент її голова вдарилася об щось

Sie hatte das Dach des Saales erreicht

Вона дійшла до даху залу

Tatsächlich war sie jetzt mehr als zwei Meter groß

Насправді тепер вона була зростом понад два метри

und sie ergriff sogleich den kleinen goldenen Schlüssel

І вона відразу ж узялася за маленький золотий ключик

und sie eilte zur Gartentür

І вона поспішила до дверей саду

Arme Alice! Es gab nicht viel, was sie tun konnte

Бідолашна Аліса! Вона мало що могла зробити

Sie legte sich auf die Seite

Вона лягла на один бік

Und sie blickte mit einem Auge in den Garten hinein

І вона одним оком подивилася в сад

Aber durchzukommen war hoffnungsloser denn je

Але достукатися було як ніколи безнадійно

Sie setzte sich und fing wieder an zu weinen

Вона сіла і знову почала плакати

Sie fuhr fort, literweise Tränen zu vergießen

Вона продовжувала лити галони сліз

Bald war ein großer Pool um sie herum

Незабаром навколо неї з'явився великий басейн

und das Wasser reichte bis zur Hälfte des Flurs

І вода сягала до половини коридору

Nach einer Weile hörte sie ein leises Getrappel von Füßen

Через деякий час вона почула легке тупотіння ніг

Sie hörte die Füße aus der Ferne kommen

Вона почула здалеку ноги, що долинали

Und sie trocknete sich hastig die Augen, um zu sehen, was kommen würde

І вона поспіхом висушила очі, щоб побачити, що буде

Es war das weiße Kaninchen, das zurückkehrte

Це був Білий Кролик, який повертався

Er war prächtig gekleidet

Він був пишно одягнений

Er hatte ein Paar weiße Handschuhe in der einen Hand

В одній руці він тримав пару білих рукавичок

Und in der anderen Hand hatte er einen großen Federfächer

А в другій руці у нього було велике віяло з пір'я

Er kam in großer Eile dahergetrabt

Він ішов риссю у великому поспіху

und er murmelte vor sich hin: »Ach! die Herzogin, die Herzogin!«

І він пробурмотів сам до себе: "О! герцогині, герцогині!»

»Ach! wird sie nicht wild sein, wenn ich sie habe warten lassen?«

— Отакої! Чи не буде вона дикою, якщо я змусив її чекати!»

Als das Kaninchen in ihre Nähe kam, sprach Alice
Коли Кролик підійшов до неї, Аліса заговорила
aber sie sprach mit leiser, schüchterner Stimme
Але вона говорила низьким, боязким голосом
"Sir, bitte hören Sie für einen Moment auf, was Sie tun"
", будь ласка, припиніть те, що ви робите хоча б на мить"
Das Kaninchen erschrak heftig
— люто здригнувся Кролик
Er ließ die weißen Handschuhe und den Federfächer fallen
Він скинув білі рукавички і віяло з пір'я
und er eilte fort in die Dunkelheit, so schnell er konnte
І він помчав у темряву так швидко, як тільки міг
Alice hob den Federfächer und die Handschuhe auf
Аліса підібрала віяло з пір'я і рукавички
Und sie fächelte sich immer wieder Luft zu, während sie sprach
І вона продовжувала розмахувати віялом, поки говорила
»Liebes, liebes Kind! Wie seltsam ist das alles heute!"
"Шановний, рідненький! Як дивно все сьогодні!»

"Gestern ging es weiter wie bisher"

"Вчора все йшло як завжди"

"War ich heute Morgen noch so, als ich aufgestanden bin?"

"Чи був я таким самим, коли прокинувся сьогодні вранці?"

"Aber wenn ich nicht mehr derselbe bin, dann ist das eine andere Frage"

"Але якщо я не той, то є інше питання"

"Wer in aller Welt bin ich?"

«Хто я в світі?»

"Ah, das ist das große Rätsel!"

— Ах, це чудова головоломка!

Während sie das sagte, blickte sie auf ihre Hände hinunter

Сказавши це, вона опустила очі на свої руки

Sie trug einen der kleinen weißen Handschuhe des Kaninchens

Вона була одягнена в одну з маленьких білих рукавичок кроликів

Sie hatte nicht bemerkt, dass sie den Handschuh angezogen hatte, während sie sprach

Вона не помітила, як одягла рукавичку під час розмови

"Wie konnte ich das machen?" dachte sie

«Як я могла це зробити?» — подумала вона

"Ich muss wieder klein werden"

«Мабуть, я знову стану маленьким»

Sie stand auf und ging zum Tisch, um ihre Größe zu messen

Вона встала і підійшла до столу, щоб виміряти свій зріст

Sie stellte fest, dass sie jetzt etwa einen halben Meter groß war

Вона виявила, що тепер її зріст становить близько півметра

und sie schrumpfte immer noch schnell

І вона все ще швидко зменшувалася

Bald fand sie heraus, was die Ursache für das Schrumpfen war

Незабаром вона з'ясувала, в чому причина скорочення

Der Federfächer machte sie wieder kleiner!

Віяло з пір'я знову робило її меншою!

Und sie ließ hastig den Federfächer fallen

І вона поспіхом скинула віяло з пір'я

Sie ließ den Federfächer gerade noch rechtzeitig fallen, um sich zu retten

Вона скинула віяло з пір'я якраз вчасно, щоб врятуватися

Hätte sie sich noch länger Luft zugefächelt, wäre sie völlig zusammengeschrumpft

Якби вона розмахувала віялом, то зовсім відсахнулася б

»Das war ein knappes Entkommen!« sagte Alice

— Це була невелика втеча, — сказала Аліса

und sie erschrak sehr über die plötzliche Veränderung

І вона дуже злякалася раптової зміни

aber sie war sehr froh, daß sie noch da war

Але вона була дуже рада, що все ще існує

"Und jetzt ab in den Garten!"

— А тепер до саду!

Und sie lief mit aller Geschwindigkeit zurück zu der kleinen Tür

І вона щодуху побігла назад до маленьких дверей

Aber ach! Das Türchen wurde wieder geschlossen

Але, на жаль! Маленькі двері знову зачинилися

Und das goldene Schlüsselchen lag wieder auf dem Glastisch

І маленький золотий ключик знову лежав на скляному столі

"Es ist schlimmer als je!" dachte das arme Kind

«Справи гірші, ніж колись», — подумала бідна дитина

"So klein war ich noch nie, niemals!"

— Я ще ніколи не була такою маленькою, як ця, ніколи!

Bei diesen Worten rutschte ihr Fuß aus

Коли вона вимовляла ці слова, її нога послизнулася

Und im nächsten Augenblick gab es ein großes Plätschern!

А ще за мить пролунав великий сплеск!

Sie stand bis zum Kinn im Salzwasser

Вона була по підборіддя в солоній воді

Ihre erste Idee war, dass sie irgendwie ins Meer gefallen war

Її перша думка полягала в тому, що вона якимось чином

впала в море
Sie erkannte jedoch bald, worin sie sich befand
Однак незабаром вона зрозуміла, в чому опинилася
Sie war in einer Tränenlache
Вона була в калюжі сліз
die Tränen, die sie geweint hatte, als sie zwei Meter groß war
Сльози вона виплакала, коли була два метри на зріст

In diesem Augenblick hörte sie etwas
І тут вона щось почула
Etwas plätscherte im Pool herum
У басейні щось хлюпалося
Das Plätschern kam aus einiger Entfernung
Бризки долинали трохи здалеку
und sie schwamm näher, um zu sehen, was das Plätschern war
І вона підпливла ближче, щоб подивитися, що це за

бризки
Bald sah sie, dass es nur eine kleine Maus war
Незабаром вона побачила, що це лише маленьке мишеня
Auch die kleine Maus war ins Wasser geschlüpft
Маленьке мишеня теж прослизнуло у воду
Alice dachte bei sich über die Situation nach
Аліса задумалася над ситуацією
"Würde es etwas nützen, mit dieser Maus zu sprechen?"
— Чи було б корисно розмовляти з цією мишею?
"Hier unten steht alles auf dem Kopf"
"Тут все так догори дригом"
**"Ich denke, es ist sehr wahrscheinlich, dass diese Maus
sprechen kann."**
"Я думаю, що дуже ймовірно, що ця миша вміє
розмовляти"
"Es schadet jedenfalls nicht, es zu versuchen"
«У всякому разі, немає нічого поганого в тому, щоб
спробувати»
Also begann sie zu versuchen, mit der Maus zu sprechen
Тож вона почала намагатися розмовляти з мишею
"Oh Maus, kennst du den Weg aus diesem Pool?"
— Ой, Мишко, ти знаєш вихід із цієї калюжі?
"Ich bin es leid, hier herumzuschwimmen, oh Maus!"
— Мені дуже набридло тут плавати, о Мишко!
Die Maus schaute sie ziemlich neugierig an
Мишка досить допитливо подивилася на неї
Die Maus schien mit einem ihrer kleinen Augen zu blinzeln
Мишка ніби підморгнула одним зі своїх маленьких оченят
Aber die kleine Maus sagte nichts
Але мишеня нічого не сказало
"Vielleicht versteht die Maus kein Englisch!" dachte Alice
"Можливо, мишка не розуміє англійської", - подумала
Аліса
"Ich wage zu behaupten, es ist eine französische Maus"
"Насмілюсь сказати, що це французька миша"
**"Vielleicht kam diese Maus mit Wilhelm dem Eroberer
herüber"**

"можливо, ця миша перейшла до Вільгельма
Завойовника"
Also fing sie wieder an, auf Französisch
Так вона знову почала, французькою мовою
"Wo ist meine Katze?", fragte sie auf Französisch
«Де мій кіт?» — запитала вона французькою
es war der erste Satz in ihrem französischen Unterrichtsbuch
це було перше речення в її підручнику з французької мови
Die Maus machte einen plötzlichen Sprung aus dem Wasser
Мишка різко вистрибнула з води
**Und die Maus schien am ganzen Leibe vor Schreck zu
zittern**
А миша наче здригнулася від переляку
"Oh, ich bitte um Verzeihung!" rief Alice hastig
"О, прошу пробачення!" – квапливо вигукнула Аліса
Sie fürchtete, sie habe die Gefühle des armen Tieres verletzt
Вона боялася, що зачепила почуття бідолашної тварини
"Ich habe ganz vergessen, dass du keine Katzen magst"
"Я зовсім забула, що ти не любиш котів"
**"Ich mag keine Katzen!" rief die Maus mit schriller,
leidenschaftlicher Stimme**
«Я не люблю кішок!» — вигукнула Мишка пронизливим,
пристрасним голосом
"Hättest du gerne Katzen, wenn du ich wärst?"
— Чи хотіли б ти котів, якби був на моєму місці?
Alice tröstete die Maus in einem beruhigenden Ton
Аліса заспокоїла мишеня заспокійливим тоном
**"Naja, vielleicht würde ich an deiner Stelle auch keine
Katzen mögen"**
"Ну, можливо, я б і на вашому місці не любив котів"
"Bitte ärgern Sie sich nicht über die Erwähnung von Katzen"
"Будь ласка, не сердьтеся через згадку про котів"
**"Und doch wünschte ich, ich könnte dir unsere Katze Dina
zeigen"**
"І все ж таки я хотів би показати тобі нашу кішку Діну"
**"Wenn du sie treffen würdest, würdest du wohl Gefallen an
Katzen finden"**

"Якби ви зустріли її, я думаю, вам би сподобалися кішки"
"Wenn du sie nur sehen könntest"
"Якби ти тільки міг її побачити"
"Sie ist so ein liebes, stilles Ding"
"Вона така рідна, тиха штука"
Die Maus zitterte am ganzen Körper
Миша вся тряслася
Alice war sich sicher, dass die Maus wirklich beleidigt sein musste
Аліса була впевнена, що мишеня, мабуть, справді образилося
"Wir reden nicht mehr über sie, wenn du lieber nicht willst"
"Ми більше не будемо про неї говорити, якщо ви не хочете"
"Wir, allerdings!" rief die Maus
— Справді, ми!— вигукнула Мишка
Die Maus zitterte bis zum Ende ihres Schwanzes
Миша тремтіла до кінця хвоста
»Als ob ich über so ein Thema reden würde!«
— Наче я говорив на таку тему!
"Unsere Familie hat Katzen schon immer gehasst"
«Наша сім'я завжди ненавиділа кішок»
"Katzen; Gemeine, niedrige, gemeine Dinger!"
"кішки; гидкі, низькі, вульгарні речі!»
"Laß mich den Namen nicht noch einmal hören!"
— Не дай мені більше почути це ім'я!
"Katzen will ich ja nicht mehr erwähnen!" sagte Alice
— Я більше не буду згадувати про котів, — сказала Аліса
Sie hatte es sehr eilig, das Thema zu wechseln
Вона дуже поспішала змінити тему
"Bist du... Lieben Sie Hunde?«
— А ти... Ти захоплюєшся собаками?
"Es gibt so einen netten kleinen Hund in der Nähe unseres Hauses."
«Біля нашого будинку живе така мила собачка»,
"Ich möchte dir den kleinen Hund zeigen!"
— Я хотів би показати тобі маленького песика!

"Dieser kleine Hund tötet alle Ratten und...
"Ця маленька собачка вбиває всіх щурів і...
»O je!« rief Alice in traurigem Tone
- Ой, дорогенька, - скрикнула Аліса скорботним тоном
»Ich fürchte, ich habe dich schon wieder beleidigt!«
— Боюся, що я знову образив тебе!
Die Maus schwamm so schnell sie konnte von ihr weg
Миша пливла від неї так швидко, як тільки могла
Und die Maus machte einen ziemlichen Aufruhr im Tümpel
А миша наробила неабиякого переполоху в басейні
Da rief sie leise der Maus nach
І вона тихо гукнула за мишеням
"Meine liebe Maus, komm bitte zurück!"
— Люба моя мишко, повернись, будь ласка!
"Und wir werden nicht über Katzen sprechen"
"А про котів говорити не будемо"
"Und über Hunde müssen wir auch nicht reden"
"І про собак говорити теж не доводиться"
Als die Maus das hörte, drehte sie sich um
Почувши це, мишка обернулася
Und die kleine Maus schwamm langsam zu ihr zurück
І маленьке мишеня повільно попливло до неї
Das Gesicht der Maus war ganz blaß
Мордочка миші була досить блідою
Und die Maus sprach mit leiser, zitternder Stimme
І мишеня заговорило низьким, тремтячим голосом
"Lasst uns ans Ufer gehen"
"Доберімося до берега"
"Und dann erzähle ich dir meine Geschichte"
"А потім я розповім вам свою історію"
"Und du wirst verstehen, warum ich Katzen und Hunde
hasse"
"І ви зрозумієте, чому це я ненавиджу кішок і собак"
Es war höchste Zeit zu gehen
Настав час іти
weil der Pool ziemlich voll wurde
Тому що басейн ставав досить переповненим

Andere Vögel und Tiere waren in den Pool gefallen
Інші птахи і звірі впали в басейн
es gab eine Ente und einen Dodo
були Качка і Додо
und da waren ein Lory-Vogel und ein Adler
І були там птах Лорі та Орлятко
und es gab noch einige andere interessant aussehende Kreaturen
І було ще кілька цікавих на вигляд істот
Alice führte den Weg aus dem Pool
Аліса повела вихід з басейну
und die ganze Gesellschaft der Tiere schwamm ans Ufer
І весь загін звірів поплив до берега

<h3 style="text-align:center">Ein Caucus-Rennen und ein langer Schwanz</h3>

Кокус і довгий хвіст

Es waren in der Tat ein lustig aussehender Haufen Tiere

Вони дійсно були кумедною на вигляд зграєю тварин

und sie versammelten sich alle am Ufer des Wassers

І всі вони зібралися на березі води

die Vögel hatten alle zerzauste Federn

У всіх птахів було пошарпане пір'я

und die pelzigen Tiere waren durchnässt

І пухнасті звірята промокли наскрізь

und alle waren triefend nass, genervt und unwohl

І всі були мокрі, роздратовані і незатишні

Es gab eine Frage, die zuerst beantwortet werden musste

Було одне питання, на яке потрібно було відповісти в першу чергу

Was ist der beste Weg für alle, um trocken zu werden?

Який найкращий спосіб для всіх висохнути?

Sie hatten eine Konsultation zu diesem Thema

Вони провели консультацію з цього приводу

Bald waren sie alle auf vertrautem Einvernehmen

Незабаром вони всі були на знайомих умовах

Es war, als ob sie sie ihr ganzes Leben lang gekannt hätte

Вона ніби знала їх усе своє життя

Die Maus schien eine Person mit einer gewissen Autorität zu sein

Миша здавалася людиною якогось авторитету

"Setzt euch, ihr alle, und hört mir zu!"

— Сідайте всі, і послухайте мене!

"Ich werde euch bald wieder alle trocken machen!"

— Я скоро вас усіх знову висушу!

Sie setzten sich alle auf einmal in einem großen Ring nieder

Вони всі сіли відразу, у велике кільце

Und die kleine Maus saß in der Mitte

А мишеня сиділо посередині

"Ähm!" sagte die Maus mit einer wichtigen Miene

— Гм, — сказала миша з важливим виглядом

"Seid ihr bereit?"

— Ви всі готові?

"Das ist das Trockenste, was ich kenne"

"Це найсухіше, що я знаю"

»Schweigen Sie ringsum, wenn Sie wollen!«

— Тиша навколо, якщо хочете!

"Wilhelm der Eroberer wurde vom Papst begünstigt"

«Вільгельм Завойовник користувався прихильністю папи римського»

"aber er wurde bald von den Engländern unterworfen"

"але незабаром йому підкорилися англійці"

"Sie wollten in letzter Zeit Führer"

«Вони хотіли лідерів останнім часом»

"Und sie waren an Macht und Eroberung gewöhnt"

«І вони звикли до влади та завоювань»

"Edwin und Morcar, die Grafen von Mercia und Northumbria"

«Едвін і Моркар, графи Мерсія і Нортумбрія»

»Pfui!« sagte der Lori-Vogel mit einem Schauer

«Тьху!» — сказала пташка лорі, здригнувшись

"und sogar Stigand, der patriotische Erzbischof von Canterbury"

"і навіть Стіганд, патріотичний архієпископ

Кентерберійський"
"Er fand es auch ratsam"
"Він також вважав це за доцільне"
"Was hielt er für ratsam?" fragte die Ente
«Що він вважав за потрібне?» — сказала качка
"Er fand es ratsam", antwortete die Maus ziemlich verärgert
— Він вважав це за доцільне, — досить перехресно
відповіла миша
aber die Ente war nicht zufrieden
Але качка залишилася незадоволеною
"Natürlich weißt du, was 'es' bedeutet"
"Звичайно, ви знаєте, що означає "це"
"Ich weiß, was es ist, wenn ich etwas finde," sagte die Ente
— Я знаю, що таке "воно", коли я знаходжу річ, — сказала
качка
"Es ist in der Regel ein Frosch oder ein Wurm"
"Це взагалі жаба або черв'як"
"Die Frage ist, was hat der Erzbischof gefunden?"
«Питання в тому, що знайшов архієпископ?»
Die Maus bemerkte diese Frage nicht
Мишка цього питання не помітила
Stattdessen fuhr die Maus hastig mit der Rede fort
Замість цього мишеня квапливо продовжило промову
"Er fand es ratsam, mit Edgar Atheling zu gehen"
"він вважав за доцільне піти з Едгаром Ателінгом"
"um William zu treffen und ihm die Krone anzubieten"
"зустрітися з Вільямом і запропонувати йому корону"
fuhr die Maus fort und wandte sich dabei an Alice
— вела далі мишка, повертаючись до Аліси, коли та
говорила
»Wie geht es dir jetzt, meine Liebe?«
— Як ти тепер живеш, мій любий?
»So naß wie immer,« sagte Alice in melancholischem Tone
— Мокра, як завжди, — сказала Аліса меланхолійним
тоном
**"Diese Geschichte scheint mich überhaupt nicht
auszutrocknen"**

"Ця історія, здається, мене зовсім не сушить"

»In diesem Falle,« sagte der Dodo feierlich und erhob sich

— У такому разі, — урочисто сказав додо, підводячись на ноги

"Ich stimme dafür, dass die Sitzung vertagt wird"

"Я голосую за те, щоб засідання було перенесено"

"und ich schlage vor, sofort energischere Heilmittel zu ergreifen"

"і я пропоную негайно прийняти більш енергійні засоби"

"Sprich wahre Worte!" sagte der Adler

«Говори правдиві слова!» — сказав орлятко

"Ich weiß nicht, was die Hälfte dieser langen Worte bedeutet"

"Я не знаю значення половини цих довгих слів"

»und außerdem glaube ich nicht, daß Sie es wissen!«

— І, до того ж, я не вірю, що ти теж знаєш!

»Was ich sagen wollte«, sagte der Dodo in beleidigtem Ton

— Що я збирався сказати, — сказав додо ображеним тоном

"Das Beste, was uns trocken kriegt, wäre ein Caucus-Rennen"

«Найкраще, що могло б висушити нас, — це перегони на кокусі»

»Was ist ein Caucus-Rennen?« fragte Alice

"Що таке кокус-раса?" - сказала Аліса

"Nun", sagte der Dodo, "der beste Weg, es zu erklären, ist, es zu tun."

— Що ж, — сказав додо, — найкращий спосіб пояснити це — зробити це.

"Zuerst steckte der Dodo eine Rennbahn ab"

«Спочатку додо розмітив іподром»

"Die Strecke verlief in einer Art Kreis"

"Траса була якимось колом"

"Und dann wurde die ganze Gesellschaft entlang der Strecke platziert"

"А потім всю партію розставили вздовж курсу"

Es gab kein "Eins, zwei, drei und weg!"

Не було «Раз, два, три і геть!».

aber sie fingen an zu rennen, wann sie wollten

Але вони почали бігти, коли їм подобалося

Und sie beendeten auch, wenn sie wollten

І теж доводили до кінця, коли їм подобалося

Es war also nicht einfach zu wissen, wann das Rennen vorbei war

Тому було нелегко зрозуміти, коли гонка закінчилася

Nach etwa einer halben Stunde Laufen waren sie alle ziemlich trocken

Приблизно через півгодини бігу вони всі були досить сухими

der Dodo rief plötzlich: "Das Rennen ist vorbei!"

Додо раптом вигукнув: «Гонку закінчено!»

Und sie drängten sich alle um den Dodo

І всі вони юрмилися навколо додо

Alle Tiere hechelten und schnauften

Всі тварини задихалися і пихкали

und sie alle wollten wissen: "Aber wer hat gewonnen?"

І всі вони хотіли знати: "А хто переміг?"

Diese Frage konnte der Dodo nicht sofort beantworten

На це питання додо не відразу зміг відповісти

Zuerst musste er sehr viel nachdenken

Спочатку йому довелося багато подумати

Nach langem Nachdenken sprach der Dodo schließlich

Після довгих роздумів Додо нарешті заговорив
"Jeder hat gewonnen, und jeder muss Preise haben"
«Всі перемогли, і всі повинні мати призи»
»Aber wer soll die Preise geben?« fragte ein Chor von Stimmen
«Але хто має давати призи?» — запитав хор голосів
"Nun, sie natürlich", sagte der Dodo
— Ну, вона, звичайно, — сказав додо
und der Dodo deutete mit einem Finger auf Alice
і додо показав одним пальцем на Алісу
und die ganze Gesellschaft von Tieren drängte sich um sie
І вся ватага звірів юрмилася навколо неї
sie riefen verwirrt: »Preise! Preise!"
вони розгублено вигукнули: "Призи! Призи!»
Alice hatte keine Ahnung, was sie tun sollte
Аліса й гадки не мала, що робити
Verzweifelt steckte sie die Hand in die Tasche
У розпачі вона засунула руку в кишеню
Und sie zog eine Schachtel mit Süßigkeiten hervor
І вона витягла коробку з цукерками
Glücklicherweise war das Salzwasser nicht in den Kasten gelangt
На щастя, солона вода не потрапила в ящик
Und sie reichte die Süßigkeiten als Preise herum
І вона роздала цукерки як призи
Es gab genau ein Stück für jeden
На всіх вистачало рівно одного шматка
Das nächste, was sie tun mussten, war, die Süßigkeiten zu essen
Наступне, що вони повинні були зробити, це з'їсти солодощі
Dies verursachte einige Geräusche und Verwirrung
Це викликало певний шум і плутанину
Die großen Vögel klagten, dass sie ihre Süßigkeiten nicht schmecken konnten
Великі птахи скаржилися, що не можуть скуштувати їхніх солодощів

Die Kleinen verschluckten sich und mussten auf den Rücken geklopft werden

Маленькі задихалися, і їх доводилося поплескувати по спині

Doch dann war es endlich vorbei

Однак нарешті все скінчилося

Und sie setzten sich wieder in einem Ring nieder

І вони знову сіли в кільце

Und sie flehten die Maus an, ihnen noch etwas zu erzählen

І вони благали мишу розповісти їм ще щось

»Du hast versprochen, mir deine Geschichte zu erzählen, weißt du,« sagte Alice

— Ти обіцяла розповісти мені свою історію, знаєш, — сказала Аліса

und sie machte noch eine kleine Bemerkung über Katzen im Flüsterton

І вона пошепки зробила ще одне маленьке зауваження про котів

Sie wollte die Maus nicht noch einmal beleidigen

Вона не хотіла зайвий раз образити мишку

die kleine Maus drehte sich zu Alice um und seufzte

мишеня обернулося до Аліси і зітхнуло

"Meine Geschichte ist lang und traurig!"

«Моя – довга і сумна казка!»

»Es ist gewiß ein langer Schwanz,« sagte Alice

— Звичайно, це довгий хвіст, — сказала Аліса

Und sie blickte verwundert auf den Schwanz der Maus hinunter

І вона з подивом подивилася вниз на мишачий хвіст

"Aber warum nennst du es einen traurigen Schwanz?"

— Але чому ти називаєш його сумним хвостом?

Und sie rätselte unaufhörlich, während die Maus sprach

І вона весь час ламала голову над цим, поки миша говорила

so daß ihre Vorstellung von der Geschichte ungefähr so aussah

Щоб її уявлення про казку було приблизно таким

                    "Fury said to
                   a mouse, That
                    he met in the
                     house, 'Let
                       us both go
                        to law: *I*
                        will prosecute
                        you.—
                         Come, I'll
                      take no denial:
                     We must have
                      the trial;
                        For really
                     this morning
           I've
           nothing
           to do.'
                 Said the
                    mouse to
                      the cur,
                       'Such a
                        trial, dear
                         sir, With
                          no jury
                           or judge,
                            would
                            be wasting
                           our
                        breath.'
                      'I'll be
                    judge,
                  I'll be
                jury,'
              said
              cunning
                old
                  Fury;
                   'I'll
                    try
                     the
                       whole
                        cause,
                        and
                      condemn
                     you to
            death.'"

Fury sagte zu einer Maus, die er im Haus getroffen hat."

Ф'юрі сказав миші, Що він зустрівся в будинку"

Lasst uns beide vor Gericht gehen: Ich werde euch anklagen

Ходімо обоє до суду: я буду вас переслідувати

**Kommen Sie, ich leugne es nicht: Wir müssen den Prozeß
haben**

Ходімо, я не буду заперечувати: ми повинні мати суд

Denn heute morgen habe ich wirklich nichts zu tun

Бо справді сьогодні вранці мені нема чого робити

Sagte die Maus zum Pfarrer;

— сказала мишка до курки;

Ein solcher Prozeß, lieber Herr, ohne Geschworene und Richter, würde uns den Atem rauben

Такий судовий процес, шановний пане, без присяжних і судді, марнував би наш подих

»Ich werde Richter sein, ich werde Geschworener sein«, sagte der schlaue alte Fury

— Я буду суддею, я буду присяжним, — сказав хитрий старий Ф'юрі

Ich werde die ganze Sache prüfen und dich zum Tode verurteilen

Я спробую всю справу і засуджу тебе на смерть

die Maus sprach streng zu Alice

мишеня суворо заговорило до Аліси

"Du passt nicht auf!"

— Ти не звертаєш уваги!

"Woran denkst du?"

— Про що ти думаєш?

»Ich bitte um Verzeihung,« sagte Alice sehr demütig

- Прошу вибачення, - дуже скромно сказала Аліса

»Sie waren in der fünften Kurve angelangt, glaube ich?«

— Ти дійшов до п'ятого повороту, здається?

"Du beleidigst mich, indem du so einen Unsinn redest!"

— Ти ображаєш мене, говорячи такі дурниці!

Und die Maus stand auf und ging weg

А мишка підвелася і пішла геть

Alice rief der kleinen Maus hinterher

— гукнула Аліса вслід мишеняті

"Bitte komm zurück und beende deine Geschichte!"

«Будь ласка, поверніться і закінчіть свою розповідь!»

Und die andern stimmten alle in den Chor ein

А решта всі приєдналися хором

"Ja, bitte beenden Sie Ihre Geschichte!"

— Так, будь ласка, докінчіть свою розповідь!

Aber die Maus schüttelte nur ungeduldig den Kopf

Але миша тільки нетерпляче похитала головою

Und die kleine Maus ging ein wenig schneller

І мишеня пішло трохи швидше

"Ich wünschte, ich hätte Dinah, unsere Katze, hier!" sagte
Alice
– От би мені тут була Діна, наша кішка, – сказала Аліса
Dies erregte in der Partei ein bemerkenswertes Aufsehen
Це викликало неабиякий фурор у партії
Einige der Vögel eilten sofort davon
Дехто з птахів одразу ж поквапився
und ein Kanarienvogel rief mit zitternder Stimme seinen
Kindern zu;
І канарейка тремтячим голосом гукнула до своїх дітей;
»Kommt fort, meine Lieben!«
— Ідіть геть, мої дорогі!
"Es ist höchste Zeit, dass ihr alle im Bett seid!"
«Давно пора вам усім лягти в ліжко!»
Mit verschiedenen Ausreden gingen sie alle weg
З різними приводами вони всі пішли геть
und Alice war bald allein
і Аліса скоро залишилася сама
"Ich wünschte, ich hätte Dina nicht erwähnt!"
— Краще б я не згадав про Діну!
"Niemand scheint sie hier unten zu mögen"
"Здається, вона тут нікому не подобається"
"Aber ich bin mir sicher, dass sie die beste Katze von der
Welt ist!"
— Але я впевнений, що вона найкраща кішка у світі!
Die arme Alice fing wieder an zu weinen
Бідолашна Аліса знову почала плакати
weil sie sich sehr einsam und niedergeschlagen fühlte
Тому що вона відчувала себе дуже самотньою і
пригніченою
Nach einer Weile aber hörte sie wieder etwas
Але через деякий час вона знову щось почула
ein leises Getrappel von Schritten in der Ferne
Ледь чутний стукіт кроків вдалині
und sie blickte eifrig auf
І вона нетерпляче підвела очі

Der Hase schickt den kleinen Mr. Bill herein
Кролик посилає маленького містера Білла

Es war das weiße Kaninchen, das langsam wieder zurücktrabte
Це був білий кролик, який повільно поплентався назад
Er sah sich ängstlich um, während er ging
Він занепокоєно озирався на всі боки
Er sah aus, als hätte er etwas verloren
Він виглядав так, ніби щось загубив
Alice hörte, wie er vor sich hin murmelte
Аліса почула, як він бурмотів сам до себе
»Die Herzogin! Die Herzogin! Oh, meine lieben Pfoten!"
— Герцогиня! Герцогиня! Ох, мої любі лапки!
"Oh, mein Fell und meine Schnurrhaare!"
— Ох вже моє хутро та вуса!
"Sie wird mich hinrichten lassen, da bin ich mir sicher"
"Вона мене стратить, я в цьому впевнений"
"Genauso sicher, wie Frettchen Frettchen sind!"
— Так само, як тхори — тхори!
"Wo kann ich meine Sachen abgestellt haben, frage ich mich?"
— А куди я міг упустити свої речі, цікаво?
Alice erriet in einem Augenblick, was er suchte
Аліса за мить здогадалася, що він шукає

Er war auf der Suche nach dem Federfächer

Він шукав віяло з пір'я

Und er suchte nach dem Paar weißer Handschuhe

І він шукав пару білих рукавичок

So machte sie sich sehr gutmütig auf die Suche nach den Handschuhen

Тож вона дуже добродушно почала шукати рукавички

Und sie suchte auch nach dem Federfächer

І вона теж шукала віяло з пір'я

Aber die Handschuhe und der Federfächer waren nirgends zu sehen

А ось рукавичок і віяла з пір'я ніде не було видно

Alles schien sich verändert zu haben, seit sie im Pool geschwommen war

Здавалося, все змінилося з тих пір, як вона плавала в басейні

Nichts war mehr so, wie es war, seit sie in der Großen Halle gewesen war

Ніщо не було таким, як раніше, відколи вона була у Великій залі

und der Glastisch war verschwunden

І скляний стіл зник

Und die kleine Tür war auch nicht da

І маленької дверцята там теж не було

Sehr bald bemerkte das Kaninchen Alice

Дуже скоро кролик помітив Алісу

rief er ihr in zornigem Ton zu

— гукнув він до неї сердитим тоном

"Mary Ann, was machst du hier draußen?"

— Мері Енн, що ти тут робиш?

"Lauf in diesem Moment nach Hause"

"Біжи додому цієї миті"

"Und hol mir ein Paar Handschuhe und einen Federfächer!"

— І принесіть мені пару рукавичок і віяло з пір'я!

"Und beeil dich!"

— І не поспішай!

Alice sprach mit sich selbst, als sie davonrannte

— промовила Аліса сама до себе, тікаючи

"Er muss mich für sein Hausmädchen gehalten haben!"

— Він, мабуть, прийняв мене за свою покоївку!

"Wie überrascht wird er sein, wenn er herausfindet, wer ich bin!"

— Як же він здивується, коли дізнається, хто я!

Während sie dies sagte, stieß sie auf ein hübsches Häuschen

Сказавши це, вона натрапила на охайний будиночок

An der Tür des Hauses hing eine helle Messingplatte

На дверях будинку була яскрава латунна пластина

"W. HASE"

"В. КРОЛИК"

Sie trat ein, ohne an die Tür zu klopfen

Вона зайшла, не постукавши у двері

und sie eilte geradewegs die Treppe hinauf

І вона поспішила прямо нагору

sie machte sich Sorgen, dass sie die echte Mary Ann treffen könnte

вона переживала, що може зустріти справжню Мері Енн

denn dann würde sie aus dem Haus gejagt werden

Бо тоді її вигнали б з дому

Und sie würde den Federfächer und die Handschuhe nicht finden können

І вона не змогла б знайти віяло з пір'я і рукавички

Alice hatte den Weg in ein aufgeräumtes Kämmerlein gefunden

Аліса потрапила в охайну маленьку кімнатку

Im Zimmer stand ein Tisch am Fenster

У кімнаті стояв стіл біля вікна

und auf dem Tisch stand ein Federfächer

А на столі стояло віяло з пір'я

Und da waren zwei oder drei Paar winzige weiße Handschuhe

А там було дві-три пари крихітних білих рукавичок

Sie hob den Federfächer und ein Paar Handschuhe auf

Вона підібрала віяло з пір'я і пару рукавичок

und sie war eben im Begriff, das Zimmer zu verlassen

І вона саме збиралася вийти з кімнати
Aber dann fiel ihr Blick auf ein Fläschchen
Але тут її погляд упав на маленьку пляшечку
Sie entkorkte die Flasche und führte sie an ihre Lippen
Вона відкоркувала пляшку і приклала її до губ
"Ich hoffe, dass ich dadurch wieder groß werde"
«Я дуже сподіваюся, що це змусить мене знову стати великим»
"Ich bin es leid, so ein winziges Ding zu sein!"
«Мені набридло бути такою крихітною штучкою!»
Alice hatte kaum die halbe Flasche getrunken
Аліса ледве випила половину пляшки
Ihr Kopf drückte bereits gegen die Decke
Її голова вже притискалася до стелі
und sie musste sich bücken
І вона мусила нахилитися
um ihr das Genick vor dem Genickbruch zu bewahren
щоб врятувати її шию від перелому
Hastig stellte sie die Flasche ab
Вона похапцем поставила пляшку
"Das reicht"
"Цього цілком достатньо"
"Ich hoffe, ich wachse nicht mehr"
"Сподіваюся, я більше не виросту"
Leider! Es war zu spät, das zu wünschen!
На жаль! Бажати цього було вже пізно!
Sie wuchs und wuchs weiter
Вона продовжувала рости і рости
und sehr bald musste sie sich auf den Boden knien
І дуже скоро їй довелося опуститися на коліна на підлогу
und selbst dann wuchs sie weiter
І навіть тоді вона продовжувала рости
Als letztes Mittel streckte sie einen Arm aus dem Fenster
В якості останнього засобу вона висунула одну руку з вікна
und sie setzte einen Fuß auf den Schornstein
І вона поставила одну ногу на комин
"Jetzt kann ich nicht mehr, was auch immer passiert"

«Тепер я більше нічого не можу зробити, що б не
трапилося»
»Was wird aus mir?«
— Що зі мною станеться?

Alice hatte Glück
Алісі пощастило
**Das kleine Zauberfläschchen hatte seine volle Wirkung
entfaltet**
Маленька чарівна пляшечка справила свій повний ефект
und Alice wurde nicht größer, als sie war
А Аліса виросла не більша за себе
Nach ein paar Minuten hörte sie draußen eine Stimme
Через кілька хвилин вона почула голос знадвору
Und sie blieb stehen, um der Stimme zu lauschen
І вона зупинилася, щоб послухати голос
»Mary Ann! Mary Ann!« sagte die Stimme
— Мері Енн! Мері Енн!» — пролунав голос
"Hol mir gleich meine Handschuhe!"
— Принесіть мені сьогодні мої рукавички!
Dann ertönte ein leises Getrappel von Füßen auf der Treppe
Потім почувся невеличкий тупіт ніг по сходах
**Alice wusste, dass es das Kaninchen war, das kam, um sie zu
suchen**

Аліса знала, що це кролик прийде її шукати
und sie zitterte, bis sie das Haus erschütterte
І вона тремтіла, аж хату трусила
Sie vergaß ganz, welche Proportionen sie hatte
Вона зовсім забула, які в неї пропорції
Sie war tausendmal so groß wie das Kaninchen
Вона була в тисячу разів більша за кролика
und sie hatte keinen Grund, sich vor einem Kaninchen zu fürchten
І в неї не було причин боятися кролика
Bald kam das Kaninchen an die Tür heran
Раптом кролик підійшов до дверей
Und das kleine Kaninchen versuchte, die Tür zu öffnen
І кроленя спробувало відчинити дверцята
Die Tür begann sich nach innen zu öffnen
Двері почали відчинятися всередину
aber Alices Ellbogen wurde hart gegen die Tür gedrückt
але лікоть Аліси був сильно притиснутий до дверей
Dieser Versuch erwies sich als Fehlschlag
Ця спроба виявилася невдалою
Alice hörte, wie das Kaninchen mit sich selbst sprach
Аліса почула, як кролик заговорив сам до себе
"Dann gehe ich herum und steige durch das Fenster ein"
"Тоді я обійду і зайду через вікно"
"Das wirst du nicht!" dachte Alice
"Цього ти не зробиш!" — подумала Аліса
und sie wartete wieder ein wenig
І вона знову трохи почекала
Bald hörte sie das Kaninchen gerade unter dem Fenster
Скоро вона почула кролика просто під вікном
Plötzlich streckte sie ihre Hand aus
Вона раптом простягла руку
Und sie machte einen Sprung in die Luft
І вона зробила ривок у повітрі
Sie bekam nichts in die Finger
Вона нічого не заволоділа
aber sie hörte einen kleinen Schrei und einen Sturz

Але вона почула легкий вереск і падіння
und sie hörte ein Krachen von zerbrochenem Glas
І вона почула гуркіт розбитого скла
Vielleicht war das Kaninchen gefallen
Можливо, кролик упав
Vielleicht war er in einem Gewächshaus
Можливо, він був у теплиці
Dann ertönte eine zornige Stimme; Die Stimme des Kaninchens
Потім пролунав сердитий голос; Голос кролика
"Pat, wo bist du?"
— Пет, а де ти?
Und dann ertönte eine Stimme, die sie noch nie zuvor gehört hatte
І тут пролунав голос, якого вона ніколи раніше не чула
"Euer Ehren, ich bin hier!"
— Ваша честь, я тут!
"Ich grabe nach Äpfeln"
"Я копаю яблука"
»Hier! Komm und hilf mir da raus!"
— Ось! Прийди і допоможи мені вибратися з цього!»
»Nun sag mir, Pat, was ist das da im Fenster?«
— А тепер скажи мені, Пет, що це у вікні?
"Sicher, Euer Ehren, ich werde es Ihnen sagen"
— Авжеж, ваша честь, я вам скажу.
"Das ist ein Arm, der im Fenster steckt!"
— Це рука, що у вікні!
"Na ja, da hat ein Arm nichts zu suchen"
"Ну, рука там не має справи"
"Geh und nimm den Arm weg!"
— Іди й забери руку!
Hierauf trat ein langes Schweigen ein
Після цього запала довга мовчанка
und Alice konnte nur ab und zu ein Flüstern hören
А Аліса тільки раз у раз чула шепіт
und endlich streckte sie die Hand wieder aus
І нарешті вона знову простягла руку

Und sie machte einen weiteren Sprung in die Luft

І вона зробила ще один ривок у повітрі

Diesmal gab es zwei kleine Schreie

Цього разу пролунали два маленькі зойки

und es gab noch mehr Geräusche von zerbrochenem Glas

І почулися ще звуки розбитого скла

"Ich möchte wohl wissen, was sie nun tun werden!" dachte Alice

«Цікаво, що вони будуть робити далі!» — подумала Аліса

"Ich wünschte, sie würden mich aus dem Fenster ziehen"

"Якби мене витягли з вікна"

Sie wartete eine Weile

Вона почекала деякий час

aber eine Weile hörte sie nichts mehr

Але якийсь час вона більше нічого не чула

Endlich ertönte das Rumpeln kleiner Rädchen

Нарешті почувся гуркіт маленьких коліщаток

Und da ertönten viele Stimmen

І почувся звук безлічі голосів

Alle Stimmen sprachen miteinander

Всі голоси розмовляли між собою

Sie konnte einige der Worte verstehen

Вона могла розібрати деякі слова

"Wo ist die andere Leiter?"

— А де ж інша драбина?

"Bill hat die andere Leiter"

"У Білла інша драбина"

"Bill, komm her!"

— Білле, йди сюди!

"Wird das Dach die Last tragen?"

«Чи витримає дах навантаження?»

"Wer will schon den Schornstein hinuntergehen?"

— Хто хоче спускатися в димар?

»Nein, das werde ich nicht! Du machst es!"

— Ні, не буду! Ти це зробиш!»

»Hier, Bill!«

— Ось, Білле!

"Der Meister sagt, du musst in den Schornstein hinunter!"
— Хазяїн каже, що треба спускатися в димар!
Alice zog ihren Fuß so weit den Schornstein hinab, wie sie konnte
Аліса просунула ногу так далеко в димар, як тільки могла
Und dann wartete sie, was kommen würde
А потім чекала, що буде
Sie hörte ein kleines Tier kratzen und krabbeln
Вона почула, як маленьке звірятко подряпалося і поскреготало
Das Tierchen muss sich im Schornstein befinden
звірятко обов'язково повинен знаходитися в димоході
dann gab sie einen scharfen Tritt
Тоді вона дала одного різкого стусана
Und sie wartete ab, was als nächstes geschehen würde
І вона чекала, що буде далі
Sie hörte einen allgemeinen Chor von Stimmen
Вона почула загальний хор голосів
"Da geht Bill!", sagten alle
«Ось іде, Білл!» — сказали вони всі
Dann hörte sie allein die Stimme des Kaninchens
Тоді вона почула голос кролика на самоті
"Du an der Hecke, fang ihn!"
— Ти біля живоплоту, спіймай його!
Es trat wieder ein Augenblick des Schweigens ein
Була ще одна хвилина мовчання
Und dann gab es wieder ein Stimmengewirr
А потім знову почалася плутанина голосів
"Halt seinen Kopf hoch, Brandy"
«Підніми його голову, Бренді»
"Pass auf, dass du ihn nicht würgst"
«Будь обережний, щоб не задушити його»
"Was ist mit dir passiert?"
— Що з тобою сталося?
Zuletzt kam eine kleine, schwache, quietschende Stimme
Нарешті пролунав трохи слабкий, писклявий голос
"Nun, ich weiß es kaum mehr"

"Ну, я вже навряд чи не знаю"

"Danke euch allen, mir geht es jetzt besser"

"Дякую всім, мені тепер краще"

"Es gibt eine Sache, an die ich mich erinnern kann"

"Є одна річ, яку я можу згадати"

"Irgendetwas kommt auf mich zu wie ein Zug im Tunnel"

«Щось летить на мене, як поїзд у тунелі»

"Und ich fliege hoch wie eine Rakete!"

— І вгору я лечу, як ракета в небо!

Es gab ein oder zwei Minuten des Schweigens

Була хвилина-дві мовчання

Und dann fingen sie wieder an, sich zu bewegen

А потім вони знову почали рухатися

und Alice hörte das Kaninchen wieder sprechen

і Аліса знову почула, як Кролик заговорив

"Ein Karren voll reicht für den Anfang"

"Для початку підійде борсун"

"Einen Karren voll wovon?" dachte Alice

"Що ж?" – подумала Аліса

Aber sie wurde nicht lange in Atem gehalten

Але її недовго тримали в напрузі

**Ein Regen von kleinen Kieselsteinen drang durch das
Fenster**

У вікно йшла злива з маленьких камінчиків

und einige der kleinen Kieselsteine trafen sie im Gesicht

І деякі маленькі камінчики вдарили її по обличчю

Alice wunderte sich über die kleinen Kieselsteine

Аліса здивувалася маленьким камінчикам

all die kleinen Kieselsteine verwandelten sich in Kuchen

Всі маленькі камінчики перетворювалися на тістечка

und eine glänzende Idee kam ihr in den Kopf

І в її голові прийшла яскрава ідея

"Einen von diesen Kuchen sollte ich essen"

"Я повинен з'їсти один з цих тістечок"

"Der Kuchen wird sicher etwas an meiner Größe ändern"

"Торт обов'язково змінить мій розмір"

Also schluckte sie einen der Kuchen

Так вона проковтнула один з тістечок
und sie freute sich, als sie feststellte, dass sie anfing zu schrumpfen
І вона була в захваті, побачивши, що почала зменшуватися
Bald war sie klein genug, um durch die Tür zu kommen
Невдовзі вона стала досить маленькою, щоб проникнути в двері
Sie rannte aus dem Haus
Вона вибігла з хати
Draußen wartete eine Menge kleiner Tiere und Vögel
Надворі чекав натовп звіряток і пташок
alle kleinen Vögel und Tiere stürzten sich auf Alice
всі маленькі пташки і звірятка кинулися на Алісу
aber sie rannte davon, so schnell sie konnte
Але вона втекла так швидко, як тільки могла
und bald fand sie sich sicher in einem dichten Walde
І незабаром вона опинилася в безпеці в густому лісі
Alice irrte im Walde umher
Аліса блукала лісом
Und sie dachte bei sich:
І вона подумала:
"Ich weiß, was ich zuerst zu tun habe"
«Я знаю, що маю зробити в першу чергу»
"erst muss ich wieder auf meine richtige Größe wachsen"
"спочатку я знову маю вирости до потрібного розміру"
"Und dann muss ich den Weg in diesen schönen Garten finden"
"І тоді я маю знайти дорогу в той чудовий сад"
"Ich glaube, ich sollte irgendetwas essen oder trinken"
«Я вважаю, що я повинен їсти або пити щось або інше»
"Aber die Frage ist, was soll ich essen oder trinken?"
— Але питання в тому, що я маю їсти чи пити?
Alice blickte sich um und betrachtete die Blumen
Аліса озирнулася навкруги на квіти
Und sie schaute durch die Grashalme hindurch
І вона дивилася крізь травинки
aber sie konnte nichts zu essen und zu trinken sehen

Але вона не бачила, що їсти чи пити

Nichts sah nach dem Richtigen zum Essen oder Trinken aus

Ніщо не виглядало як правильна річ для їжі чи пиття

In ihrer Nähe wuchs ein großer Pilz

Біля неї ріс великий гриб

der Pilz war ungefähr so groß wie Alice

гриб був приблизно такого ж зросту, як Аліса

Sie streckte sich auf den Zehenspitzen auf

Вона потягнулася навшпиньки

Und sie guckte über den Rand des Pilzes

І вона зазирнула через край гриба

Ihre Augen trafen sofort die Augen einer großen blauen Raupe

Її погляд відразу ж зустрівся з очима великої блакитної гусениці

Die Raupe saß auf der Spitze des Pilzes

Гусениця сиділа на верхівці гриба

und die Raupe hatte alle Arme gekreuzt

І гусениця схрестила всі його руки

Und er rauchte leise eine lange Wasserpfeife

І він тихенько курив довгий кальян

und er nahm nicht die geringste Notiz von irgendetwas

І він ні на що не звертав ані найменшої уваги

und er achtete gewiß nicht auf Alice

і він, звичайно, не звернув уваги на Алісу

Ratschläge von einer Raupe
Поради від гусениці

Endlich nahm die Raupe die Shisha aus dem Maul
Нарешті гусениця вийняла кальян з рота
und er redete Alice mit einer trägen, schläfrigen Stimme an
і він звернувся до Аліси млявим, сонним голосом
"Wer bist du?" fragte die Raupe
«Хто ти такий?» — запитала гусениця

Alice antwortete etwas schüchtern: "Ich weiß es kaum, Sir."
— досить сором'язливо відповіла Аліса.— Навряд чи знаю,.
"Gerade im Moment ist alles ein bisschen..."
"Просто на даний момент це все трохи..."
"Ich weiß, wer ich war, als ich heute Morgen aufgestanden bin."
"Я знаю, ким я був, коли прокинувся сьогодні вранці"
"aber ich glaube, ich muss mich seitdem mehrmals verändert haben"
"але я думаю, що з тих пір я, мабуть, змінився кілька разів"
"Was meinst du damit?" sagte die Raupe

«Що ти маєш на увазі?» — сказала гусениця

Streng forderte die Raupe sie auf, sich zu erklären

Гусінь суворо попросила її пояснити свою думку

»Ich kann mich nicht erklären, fürchte ich, Sir«, sagte Alice

— Я не можу пояснити, боюся,, — сказала Аліса

"weil ich nicht ich selbst bin"

"Тому що я не я"

"Du siehst, es ist sehr verwirrend, so viele verschiedene Größen an einem Tag zu haben"

"Розумієте, бути стільки різних розмірів за день дуже збиває з пантелику"

Sie raffte sich auf und sagte sehr ernst:

Вона підвелася і сказала дуже поважно:

"Ich denke, du solltest mir zuerst sagen, wer du bist"

"Я думаю, ти повинен спочатку сказати мені, хто ти"

"Warum?" fragte die Raupe

«Чому?» — сказала гусениця

Alice fiel kein guter Grund ein

Аліса не могла придумати жодної поважної причини

und die Raupe schien sich in einem sehr unangenehmen Gemütszustand zu befinden

І гусениця начебто перебувала в дуже неприємному стані душі

also wandte sie sich ab

І вона відвернулася

"Komm zurück!" rief ihr die Raupe nach

«Повертайся!» — гукнула їй услід гусениця

"Ich habe etwas Wichtiges zu sagen!"

— Маю сказати дещо важливе!

Alice drehte sich um und kam wieder zurück

Аліса повернулася і знову повернулася

"Behalte die Fassung!" sagte die Raupe

— Тримай себе в руках, — сказала гусениця

»Ist das alles?« fragte Alice

"Це все?" - сказала Аліса

und sie schluckte ihren Zorn hinunter, so gut sie konnte

І вона ковтнула свій гнів так добре, як могла

"Nein!" sagte die Raupe

— Ні, — сказала гусениця

Die Raupe breitete ihre Arme aus

Гусениця розгорнула руки

Und er nahm die Shisha wieder aus dem Mund

І він знову вийняв кальян з рота

Und er sagte: "Du glaubst also, du bist verändert, oder?"

І він сказав: "То ти думаєш, що змінився, чи не так?"

»Ich fürchte, ich bin verändert, Sir,« sagte Alice

- Боюся, я змінилася,, - сказала Аліса

"Ich kann mich nicht mehr so an Dinge erinnern, wie ich sie
früher in Erinnerung hatte"

«Я не можу пам'ятати речі так, як я їх пам'ятав раніше»

"Und ich bleibe nicht länger als zehn Minuten gleich groß!"

— І я не залишаюся одного розміру більше десяти хвилин!

"Wie groß willst du sein?" fragte die Raupe

«Якого розміру ти хочеш бути?» — запитала гусениця

»Oh, es ist mir nicht besonders wichtig, wie groß ich bin«,
erwiderte Alice hastig

- О, мені все одно, якого я розміру, - квапливо відповіла
Аліса

"Ich mag es einfach nicht, so oft die Größe zu wechseln,
weißt du"

"Я просто не люблю так часто змінювати розмір,
розумієте"

"Ich würde gerne etwas größer sein, Sir"

— Я хотів би бути трохи більшим,.

»wenn es dir nichts ausmacht,« fügte Alice hinzu

— Якщо ти не проти, — додала Аліса

"Zehn Zentimeter sind so eine erbärmliche Größe"

«Десять сантиметрів – це такий жалюгідний зріст»

"Das ist wirklich eine sehr gute Höhe!" sagte die Raupe
ärgerlich

— Це справді дуже добра висота, — сердито сказала
гусениця

und er richtete sich auf, während er sprach

І він випростався, коли говорив

Er war genau zehn Zentimeter groß

Він був рівно десять сантиметрів на зріст

In ein oder zwei Minuten war die Raupe vom Pilz heruntergekommen

За хвилину-дві гусениця злізла з гриба

und er kroch ins Gras

І він поповз у траву

Als er sich entfernte, machte er einige kleine Bemerkungen

Відходячи, він зробив кілька невеличких зауважень

"Eine Seite lässt dich größer werden"

«Одна сторона змусить вас ставати вищим»

"Und die andere Seite wird dich kleiner werden lassen"

«А інша сторона змусить тебе стати нижчим»

"Eine Seite wovon?" dachte Alice bei sich

"Один бік чого?" — подумала собі Аліса

"Die andere Seite von was?"

— По той бік чого?

"Die Seite des Pilzes!" sagte die Raupe

— Бік гриба, — сказала гусениця

Es war, als hätte sie ihre Frage laut gestellt

Вона наче поставила своє запитання вголос

und im nächsten Augenblick war er außer Sichtweite

А ще мить — і він зник з поля зору

Alice blieb stehen und betrachtete den Pilz nachdenklich

Аліса продовжувала задумливо дивитися на гриб

Sie versuchte herauszufinden, welche die beiden Seiten des Pilzes waren

Вона намагалася розібрати, з яких двох сторін гриб

Endlich streckte sie ihre Arme um den Pilz

Нарешті вона простягла руки навколо гриба

und sie brach ein Stück der Ränder ab

І у неї трохи відламалися краї

»Und nun, welche Seite ist welche?« fragte sie sich

«А тепер, який бік який?» — запитала вона сама до себе

und sie knabberte ein wenig von dem Stück der rechten Hand

І вона покусала трохи правого шматка

Im nächsten Augenblick spürte sie einen heftigen Schlag unter ihrem Kinn

Наступної миті вона відчула сильний удар під підборіддям

Ihr Kinn hatte ihren Fuß getroffen!

Її підборіддя вдарилося об ногу!

Sie war sehr erschrocken über diese sehr plötzliche Veränderung

Вона була дуже налякана цією дуже раптовою зміною

Sie schrumpfte sehr schnell

Вона дуже швидко зменшувалася

Also aß sie schnell etwas von dem anderen Stück Pilz

Тому вона швидко з'їла трохи іншого шматочка гриба

Ihr Kinn war sehr eng gegen ihren Fuß gepresst

Її підборіддя було дуже щільно притиснуте до стопи

Es war kaum Platz, um den Mund aufzumachen

Ледве можна було відкрити рот

aber schließlich gelang es ihr, den Mund aufzumachen

Але вона нарешті спромоглася відкрити рота

und sie schluckte einen Bissen von dem linken Stück

І вона проковтнула шматочок лівого шматка

»mein Kopf ist endlich frei!« sagte Alice

— Нарешті моя голова звільнилася, — сказала Аліса

Sie blickte an sich herunter

Вона подивилася на себе зверхньо

aber alles, was sie sehen konnte, war ein ungeheurer Hals

Але все, що вона могла бачити, це величезна довжина шиї

Ihr Hals schien sich wie ein Stiel zu erheben

Її шия, здавалося, піднялася, як стебло

Und sie blickte auf ein Meer von grünen Blättern hinab

І вона подивилася вниз на море зеленого листя

"Wo sind meine Schultern geblieben?"

— Куди ж поділися мої плечі?

»Und ach, meine armen Hände, wie kommt es, daß ich euch nicht sehen kann?«

— А ой, бідні мої руки, як це я вас не бачу?

Aber ihr Hals hatte einen Vorteil

Але її шия мала одну перевагу

Sie konnte ihren Kopf in jede Richtung bewegen

Вона могла рухати головою в будь-якому напрямку

Tatsächlich war sie wie eine Schlange

Насправді вона була схожа на змію

Sie senkte anmutig ihren Kopf im Zickzack

Вона граціозним зигзагом опустила голову вниз

Und sie bewegte ihren Kopf durch die Bäume

І вона ворушила головою по деревах

Aber dann hörte sie ein scharfes Zischen

Але тут вона почула різке шипіння

Und sie zog schnell den Kopf zurück

І вона швидко відкинула голову назад

Eine große Taube war ihr ins Gesicht geflogen

Великий голуб влетів їй в обличчя

und die Taube fuhr mit den Flügeln heftig zusammen

А голуб буйно махав крилами

»Schlange!« rief die Taube

«Змія!» — закричав голуб

"Ich bin keine Schlange!" sagte Alice entrüstet

- Я не змія, - обурено сказала Аліса

"Laß mich in Ruhe!"

— Облиште мене!

"Ich habe die Wurzeln von Bäumen ausprobiert"

«Я спробував коріння дерев»

"Und ich habe es mit Hecken versucht", fuhr die Taube fort

— А я вже пробував живоплоти, — вів далі голуб

»Aber diese Schlangen! Man kann es ihnen nicht recht machen!"

— Але ж ті змії! Їм не догодиш!»

Alice war immer verwirrter

Аліса все більше і більше спантеличувалася

"Als ob es nicht schon Mühe genug wäre, die Eier auszubrüten!" sagte die Taube

— Наче й не вистачило клопоту з висиджуванням яєць, — сказав голуб

"Tag und Nacht muss ich mich auch vor Schlangen in Acht nehmen!"

— І вночі, і вдень я мушу остерігатися змій!

"Ich hatte gerade den höchsten Baum im Wald gefunden"

«Я щойно знайшов найвище дерево в лісі»

"Wäre ich hier sicher frei von Schlangen?"

— Невже я був би тут вільний від змій?

"Und heraus kommt eine Schlange vom Himmel!"

— І звідти з неба вилітає змія!

"Aber ich bin keine Schlange, sage ich dir!" sagte Alice

- Але ж я не змія, кажу тобі, - сказала Аліса

"Ich bin ein... Ich bin ein... Ich bin ein kleines Mädchen«, fügte sie etwas zweifelnd hinzu

"Я... Я... Я маленька дівчинка, — додала вона досить сумнівно

Schließlich hatte sie viele Veränderungen durchgemacht

Адже вона пережила багато змін

"Du suchst Eier!" sagte die Taube

— Ти шукаєш яйця, — сказав голуб

"Das weiß ich mit Sicherheit"

"Я знаю це точно"

"Und was macht es aus, ob du ein kleines Mädchen oder eine Schlange bist?"

— А яка різниця, чи ти маленька дівчинка, чи змія?

»Es liegt mir sehr viel daran,« sagte Alice hastig

— Для мене це має велике значення, — квапливо сказала Аліса

"Aber ich bin nicht auf der Suche nach Eiern, wie es der Zufall will"

"Але я не шукаю яєць, як буває"

"Und ich würde deine Eier sowieso nicht wollen"

"І я б все одно не хотіла твоїх яєць"

"Ich mag meine Eier nicht roh"

"Я не люблю свої яйця сирими"

»Nun, dann fort!« sagte die Taube in mürrischem Tone

— Ну, тоді геть, — сказав голуб похмурим тоном

und die Taube ließ sich wieder in ihrem Nest nieder

І голуб знову влаштувався в своє гніздо

Alice kauerte sich zwischen die Bäume, so gut sie konnte

Аліса присіла поміж деревами, як тільки могла

Ihr Hals verfing sich immer wieder zwischen den Ästen

Її шия весь час заплутувалася серед гілля

Hin und wieder musste sie anhalten und ihren Hals aufdrehen

Раз у раз їй доводилося зупинятися і розкручувати шию

Nach einer Weile erinnerte sie sich an den Pilz

Через деякий час вона згадала про гриб

Sie hielt die Pilzstücke noch immer in ihren Händen

Вона все ще тримала шматочки гриба в руках

Und sie machte sich sehr vorsichtig an die Arbeit

І вона дуже обережно взялася за роботу

Zuerst knabberte sie an einem Stück

Спочатку вона гризла один шматочок

Und dann knabberte sie an dem anderen Stück

А потім погризла інший шматок

Manchmal wurde sie größer
Іноді вона ставала вищою
und manchmal wurde sie kleiner
І іноді вона ставала нижчою
Aber schließlich erreichte sie ihre übliche Größe
Але нарешті вона досягла свого звичайного зросту
Sie war schon seit einiger Zeit nicht mehr so groß wie sie selbst
Вона вже деякий час не була на зріст
So fühlte sich alles eine Zeit lang seltsam an
Тому якийсь час все здавалося дивним
"Das nächste, was zu tun ist, ist, in diesen schönen Garten zu gehen"
"Наступне, що потрібно зробити, це потрапити в цей прекрасний сад"
»wie soll man das machen?«
— Цікаво, як це зробити?
Während sie dies sagte, stieß sie auf einen offenen Platz
Сказавши це, вона натрапила на відкрите місце
Da war ein kleines Haus, etwas höher als einen Meter
Там була маленька хатинка, трохи вища за метр
"Ich frage mich, wer in diesem kleinen Haus wohnt"
"Цікаво, хто живе в цьому маленькому будиночку"
"So groß wie ich bin, kann ich sicher nicht reingehen"
"Я, звичайно, не можу увійти таким великим, як я"
"Ich würde sie fürchterlich erschrecken!"
— Я б їх страшенно налякав!
Also knabberte sie wieder an dem kleinen Pilz
І вона знову погризла маленького грибочка
Und bald brachte sie sich dreißig Zentimeter tief
І скоро вона опустилася на тридцять сантиметрів

Ein Schwein und etwas Pfeffer

Свиня і трохи перцю

Ein oder zwei Minuten lang stand sie da und betrachtete das Haus

Хвилину чи дві вона стояла і дивилася на будинок

Plötzlich kam ein Lakai aus dem Walde gerannt

Раптом з лісу вибіг лакей

Er trug eine spezielle Livree-Uniform

Він був одягнений у спеціальну ліврею

Seinem Gesicht nach zu urteilen, hätte sie ihn einen Fisch genannt

Судячи тільки з його обличчя, вона назвала б його рибою

und er klopfte laut mit den Fingerknöcheln an die Tür

І він голосно грюкнув у двері кісточками пальців

Die Tür wurde von einem anderen Lakaien geöffnet

Двері відчинив інший лакей

Auch dieser Lakai trug eine besondere Livree

Цей лакей теж був одягнений у спеціальну ліврею

Dieser Lakai hatte ein rundes Gesicht und große Augen wie ein Frosch

У цього лакея було кругле обличчя і великі, як у жаби, очі

Der Lakai, der wie ein Fisch aussah, leitete die Zeremonie ein
Ініціатором церемонії був лакей, схожий на рибу
Er zog etwas unter seinem Arm hervor
Він витягнув щось з-під пахви
Und er zog unter seinem Arm einen Umschlag hervor
І він витяг з-під пахви конверт
und diesen Umschlag übergab er dem andern Lakaien
І цей конверт він передав другому лакеєві
In zeremoniellem Tone teilte er ihm die Befehle mit
Урочистим тоном він переказав йому накази
"Diese Botschaft ist für die Herzogin"
"Це послання для герцогині"
"Eine Einladung der Königin zum Krocketspielen"
"Запрошення від королеви пограти в крокет"
Der Lakai, der wie ein Frosch aussah, wiederholte den Befehl
Лакей, схожий на жабу, повторив наказ
"Von der Königin"
"Від королеви"
"Eine Einladung"
"Запрошення"
"für die Herzogin"
"для герцогині"
"Krocket spielen"
"Гра в крокет"
Dann verbeugten sie sich beide tief
Тоді вони обоє низько вклонилися
und die Locken in ihren Perücken verwickelten sich ineinander
І кучері в їхніх перуках сплуталися докупи
Bald war der Lakai, der wie ein Fisch aussah, verschwunden
Незабаром лакей, схожий на рибу, зник
Aber der Lakai, der wie ein Frosch aussah, war immer noch da
Але лакей, схожий на жабу, все ще був там
Er saß auf dem Boden in der Nähe der Tür

Він сидів на землі біля дверей
Er starrte dumm in den Himmel
Він тупо дивився в небо
Alice ging schüchtern zur Tür und klopfte
Аліса несміливо підійшла до дверей і постукала
»Es hat keinen Zweck, anzuklopfen,« sagte der Lakai
— Немає сенсу стукати, — сказав лакей
"Und das aus zwei Gründen"
"І це з двох причин"
"Erstens, weil ich auf der gleichen Seite der Tür stehe wie du"
«По-перше, тому що я по той же бік дверей, що і ти»
"Zweitens, weil sie drinnen so viel Lärm machen"
"По-друге, тому що вони так багато шумлять всередині"
"Niemand könnte dich hören"
«Тебе ніхто не міг почути»
Und es war gewiß ein höchst merkwürdiger Lärm im Innern
І всередині, безперечно, здійнявся надзвичайний шум
ein ständiges Heulen und Niesen
постійне виття і чхання
und ab und zu ein Geräusch von großem Krachen
І раз у раз долинав звук сильного гуркоту
als ob eine Schüssel oder ein Wasserkocher in Stücke zerbrochen wäre
Наче тарілку чи чайник розбили на шматки
"Wie soll ich da reinkommen?" fragte Alice
«Як мені туди потрапити?» — запитала Аліса
»Wollen Sie überhaupt hineinkommen?« fragte der Lakai
— А тобі взагалі лізти? — спитав лакей
"Das ist die erste Frage, weißt du"
"Це перше питання, ви знаєте"
Alice öffnete die Tür und trat ein
Аліса відчинила двері і зайшла всередину
Die Tür führte direkt in eine große Küche
Двері вели прямо у велику кухню
Die Küche war von einem Ende bis zum anderen voller Rauch

У кухні від одного кінця до іншого йшов дим
in der Mitte der Küche saß die Herzogin
посеред кухні стояла герцогиня
Sie saß auf einem dreibeinigen Hocker
Вона сиділа на триногому табуреті
und sie stillte ein Baby
І вона годувала дитину
Die Köchin beugte sich über das Feuer
Кухар схилився над вогнем
Er rührte einen großen Kessel
Він ворушив великий котел
und der Kessel schien mit Suppe gefüllt zu sein
А в казанку, здавалося, було повно юшки
"Da ist sicher zu viel Pfeffer drin!" sagte Alice zu sich selbst
— У тому супі точно забагато перцю! — сказала сама до себе Аліса
Sie sagte es, so gut sie konnte, ohne zu niesen
Вона сказала це, як могла, не чхнувши
Sogar die Herzogin nieste gelegentlich
Навіть герцогиня час від часу чхала
Aber die Handlungen des Babys waren am bemerkenswertesten
Але найбільшої уваги заслуговували вчинки малюка
Das Baby nieste und heulte abwechselnd
Малюк чхав і вив по черзі
Es gab keinen Augenblick Pause zwischen Heulen und Niesen
Між виттям і чханням не було ні хвилини паузи
Es gab zwei Kreaturen in der Küche, die nicht niesten
На кухні було дві істоти, які не чхали
Die Köchin war zu beschäftigt, um zu niesen
Кухар був надто зайнятий, щоб чхнути
Und die große Katze schien sich nicht an dem Pfeffer zu stören
А великий кіт, схоже, був не проти перцю
Stattdessen grinste die große Katze von einem Ohr zum anderen

Замість цього великий кіт посміхався від вуха до вуха
»Bitte, würdest du es mir sagen,« sagte Alice ein wenig schüchtern
- Скажіть, будь ласка, - сказала Аліса трохи несміливо
"Warum grinst deine Katze so?"
— Чому твоя кішка так посміхається?
»Es ist eine Cheshire-Katze,« sagte die Herzogin
— Це Чеширський Кіт, — сказала герцогиня
"Und deshalb grinst er von Ohr zu Ohr"
"І тому він посміхається від вуха до вуха"
"Ich wusste nicht, dass eine Cheshire-Katze immer grinst"
«Я не знала, що Чеширський Кіт завжди посміхається»
"Eigentlich wusste ich nicht, dass Katzen grinsen können", sagte Alice
— Насправді я не знала, що коти можуть усміхатися, — сказала Аліса
»Es gibt vieles, was Sie nicht wissen,« sagte die Herzogin
— Є багато чого, чого ти не знаєш, — сказала герцогиня
"Es gibt vieles, was man nicht weiß, und das ist eine Tatsache"
«Є багато чого, чого ви не знаєте, і це факт»
In diesem Augenblick nahm die Köchin den Kessel mit der Suppe vom Feuer
Саме тоді кухар зняв з вогню котел з супом
Und sogleich fing sie an, alles in ihre Reichweite zu werfen
І відразу ж почала кидати все, що було їй під силу
sie warf alles, was sie konnte, auf die Herzogin und das Baby
вона кинула все, що могла, на герцогиню і немовля
Zuerst warf sie die Feuereisen
Спочатку вона кинула вогняні праски
Dann warf sie eine Handvoll Töpfe
Тоді вона кинула жменю каструльок
und schließlich warf sie die Teller und Schüsseln
І нарешті вона кинула тарілки і тарілки
Die Herzogin nahm keine Notiz von ihr
Герцогиня не звернула на неї уваги

Selbst als sie von einem Teller getroffen wurde, machte sie sich keine Sorgen

Навіть коли її вдарило тарілкою, вона не хвилювалася

Das Baby heulte schon so viel

Малюк вже так сильно вив

Es war also unmöglich zu sagen, ob die Schläge das Baby verletzt haben oder nicht

Так що сказати, боляче від ударів дитині чи ні, було неможливо

"Oh, gib bitte acht, was du tust!" rief Alice

«Ой, будь ласка, зважай, що ти робиш!» — вигукнула Аліса

und sie sprang in Todesangst des Entsetzens auf und ab

І вона стрибала вгору і вниз в агонії жаху

die Herzogin bot Alice das Baby an

герцогиня запропонувала Алісі немовля

»Hier! Du kannst das Kind ein wenig stillen, wenn du willst!«

— Ось! Ви можете трохи годувати дитину, якщо хочете!»

Und sie schleuderte das Kind nach ihr, während sie sprach

І вона жбурнула в неї немовля, коли вона говорила

"Ich muss gehen und mich darauf vorbereiten, mit der Königin Krocket zu spielen"

"Я мушу піти і приготуватися до гри в крокет з королевою"

und sie eilte aus dem Zimmer

І вона поспішила з кімнати

Alice fing das Baby mit einiger Mühe auf

Аліса насилу зловила малюка

weil es ein sehr seltsam geformtes kleines Wesen war

Тому що це було дуже дивної форми маленьке створіння

Und das Kind streckte seine Arme und Beine nach allen Richtungen aus

А малюк простягав ручки і ніжки на всі боки

"Das Kind nehme ich lieber mit!" dachte Alice

"Краще я заберу цю дитину з собою", - подумала Аліса

"Sie werden dieses Baby sicher in ein oder zwei Tagen töten"

«Вони обов'язково вб'ють цю дитину за день-два»
"Wäre es nicht Mord, dieses Baby zurückzulassen?"
«Чи не було б вбивством залишити цю дитину позаду?»
Sie sprach die letzten Worte laut aus
Останні слова вона сказала вголос
Und das kleine Ding grunzte als Antwort
І малий буркнув у відповідь
"Du verwandelst dich am besten nicht in ein Schwein, meine Liebe!" sagte Alice
- Краще не перетворюватися на свиню, моя люба, - сказала Аліса
"sonst habe ich nichts mehr mit dir zu tun"
"або я більше не матиму з тобою нічого спільного"
Alice fing eben an, bei sich selbst zu denken:
Аліса тільки починала думати:
»Nun, was soll ich mit diesem Geschöpf anfangen, wenn ich es nach Hause bringe?«
— Що ж мені робити з цим створінням, коли я принесу його додому?
Aber dann grunzte das kleine Geschöpf ein wenig heftig
Але потім маленьке створіння трохи люто буркнуло
und Alice sah ihm erschrocken ins Gesicht
І Аліса в якійсь тривозі подивилася йому в обличчя
Diesmal konnte es keinen Irrtum geben
Цього разу не могло бути помилки
Es war nicht mehr und nicht weniger als ein Schwein
Це було не багато і не мало свині
Da setzte sie das kleine Geschöpf ab
І вона посадила маленьке створіння
und das kleine Geschöpf trabte leise in den Wald hinein
І маленьке створіння тихо побігло в ліс
Alice war ziemlich erleichtert, als sie die Kreatur verschwinden sah
Аліса відчула неабияке полегшення, побачивши, що створіння зникло
Alice erschrak ein wenig, als sie die Cheshire-Katze sah
Аліса трохи здивувалася, побачивши Чеширського Кота

Er saß auf einem Ast eines Baumes, ein paar Meter entfernt
Він сидів на гілці дерева за кілька метрів від нього
Die Katze grinste nur, als sie sie sah
Кіт тільки посміхнувся, побачивши її
»Cheshire-Katze,« begann Alice etwas schüchtern
- Чеширський кіт, - досить несміливо почала Аліса
»Würden Sie mir bitte sagen, welchen Weg ich von hier aus einschlagen soll?«
— Скажіть, будь ласка, яким шляхом я маю йти звідси?
"In diese Richtung", sagte die Katze
— У той бік, — сказав кіт
Und er fuchtelte mit der rechten Pfote herum
І махнув правою лапою
"In dieser Richtung lebt ein Hutmacher"
«У тому напрямку живе виробник капелюхів»
Und dann winkte die Katze mit der anderen Pfote
І тут кіт махнув другою лапою
"Und in dieser Richtung wohnt ein Märzhase"
"А в тому напрямку живе похідний заєць"
»Besuchen Sie, wen Sie wollen; Sie sind beide verrückt"
"Приходьте в гості, як вам подобається; Вони обоє збожеволіли"
»Aber ich will nicht unter Verrückte gehen«, bemerkte Alice
— Але я не хочу йти серед божевільних, — зауважила Аліса
"Ach, dafür kannst du nicht helfen!" sagte die Katze
— Ой, нічого не вдієш, — сказав Кіт
"Wir sind alle verrückt hier"
"Ми всі тут божевільні"
"Spielst du heute Krocket mit der Queen?"
— Ти сьогодні граєш у крокет з королевою?
"Das würde ich sehr gerne!" sagte Alice
— Я б дуже хотіла, — сказала Аліса
"aber ich bin noch nicht eingeladen worden"
"Але мене ще не запросили"
"Du wirst mich dort sehen!" sagte die Katze
— Ти мене там побачиш, — сказав Кіт

Und von einem Augenblick auf den anderen verschwand die Katze

І від однієї миті до іншої кіт зникав

bald kam Alice in Sichtweite des Hauses des Märzhasen

Незабаром Аліса потрапила в поле зору будиночка маршового зайця

Das war ein sehr großes Haus

Це був дуже великий будинок

Alice wollte also nicht in die Nähe des Hauses gehen

Тому Аліса не хотіла підходити до будинку

Zuerst musste sie noch etwas von dem linken Stück Pilz knabbern

Спочатку їй довелося відгризти ще трохи лівого бічного шматочка гриба

Eine verrückte Teeparty
Божевільне чаювання

Vor dem Haus stand ein Baum

Перед будинком росло дерево

Und unter dem Baum stand ein Tisch

А під деревом стояв стіл

und der Tisch war mit allerlei Besteck gedeckt

А на столі було заставлено всякими столовими приборами

Der Märzhase und der Hutmacher saßen bei Tisch

За столом сиділи березневий заєць і капелюшник

und zusammen tranken sie Tee

І вони разом пили чай

Ein Siebenschläfer saß zwischen ihnen

Між ними сиділа соня

und der Siebenschläfer schlief fest

А соня міцно спала

Der Tisch war von außergewöhnlicher Größe

Стіл був надзвичайних розмірів

Aber der größte Teil des Tisches war unbesetzt

Але більша частина столу була незайнята

Sie saßen dicht gedrängt an einer Ecke des Tisches

Вони тісно сиділи один до одного в одному кутку столу

und doch entschuldigten sie sich, als sie Alice sahen

і все ж вони виправдовувалися, побачивши Алісу

»Kein Platz! Kein Platz!« schrien sie

"Немає місця! Немає місця!» — кричали вони

»Es ist viel Platz!« sagte Alice entrüstet

- Тут багато місця, - обурено сказала Аліса

An einem Ende des Tisches stand ein großer Sessel

На одному кінці столу стояло велике крісло

und Alice setzte sich in den Sessel

А Аліса сама сіла в крісло

Der Hutmacher riss die Augen weit auf

Капелюшник широко розплющив очі

Er konnte nicht glauben, was er da sah

Він не міг повірити в те, що бачив

aber sein Geist war neugierig auf andere Dinge

Але його розум цікавився іншими речами
»Warum ist ein Rabe wie ein Schreibtisch?«
— Чому ворон подібний до письмового столу?
Alice war offen für die Herausforderung
Аліса була відкрита до виклику
"Ich bin froh, dass sie angefangen haben, Rätsel zu stellen"
"Я радий, що вони почали загадувати загадки"
»Ich glaube, das kann ich erraten«, fügte sie laut hinzu
— Гадаю, я можу це здогадатися, — додала вона вголос
Der Märzhase wurde neugierig auf Alice
Маршовий заєць зацікавився Алісою
"Glaubst du wirklich, dass du die Antwort finden kannst?"
— Ти справді думаєш, що зможеш знайти відповідь?
»Ich glaube, ich kann die Antwort finden,« sagte Alice
— Гадаю, я справді зможу знайти відповідь, — сказала
Аліса
**»Dann sollst du sagen, was du meinst,« fuhr der Märzhase
fort**
— Тоді ти мусиш сказати, що маєш на увазі, — вів далі
маршовий заєць
»Ich sage, was ich meine,« erwiderte Alice hastig
- Я кажу, що маю на увазі, - квапливо відповіла Аліса
"Zumindest meine ich ernst, was ich sage"
"принаймні я маю на увазі те, що кажу"
"Das ist dasselbe, weißt du"
"Це одне й те саме, розумієте"
Auch der Siebenschläfer trug zu dem Gespräch bei
Свою лепту в розмову внесла і соня
Aber der Siebenschläfer schien im Schlaf zu sprechen
Але сонь, здавалося, розмовляла уві сні
"Ich atme, wenn ich schlafe"
«Я дихаю, коли сплю»
"Ich schlafe, wenn ich atme!"
«Я сплю, коли я дихаю!»
"Man könnte genauso gut sagen, dass sie auch gleich sind"
"Можна сказати, що вони теж однакові"
"So ist es auch bei dir!" sagte der Hutmacher

— Те ж саме і з вами, — сказав капелюшник
und er goß ein wenig Tee über die Nase des Siebenschläfers
І він налив трохи чаю на ніс соні
Das Murmelthier schüttelte ungeduldig den Kopf
Соні нетерпляче похитала головою
Und wieder sprach das Murmelmaus, ohne die Augen zu öffnen
І знову заговорила сонь, не розплющуючи очей
"Natürlich, natürlich ist es dasselbe"
"Звичайно, звичайно, це одне й те саме"
"Das wollte ich ja auch sagen"
"Саме так я і збирався сказати"

Der Hutmacher wandte sich an Alice und stellte eine weitere Frage

Виробник капелюхів обернувся до Аліси і поставив ще одне запитання

"Hast du das Rätsel schon erraten?"

— Ти вже відгадав загадку?

"Nein, ich gebe auf", gab Alice zu

— Ні, я здаюся, — погодилася Аліса

"Was ist die Antwort?", wollte sie wissen

«Яка відповідь?» — хотіла вона знати

»Ich habe nicht die geringste Ahnung,« sagte der Hutmacher

— Я не маю ані найменшого уявлення, — сказав капелюшник

"Ich weiß es auch nicht!" sagte der Märzhase

— І я не знаю, — сказав заєць

Alice stieß einen müden Seufzer aus

Аліса стомлено зітхнула

"Es gibt eine bessere Nutzung der Zeit als Rätsel ohne Antworten"

«Є краще використання часу, ніж загадки без відповідей»

»Trinken Sie noch etwas Tee,« sagte der Märzhase sehr ernst zu Alice

— Випий ще чаю, — дуже серйозно сказав Алісі березневий заєць

Alice war ziemlich beleidigt über das Angebot

Аліса неабияк образилася на таку пропозицію

»Ich habe noch keinen Tee getrunken,« erwiderte Alice

- Я ще не пила чаю, - відповіла Аліса

"Deshalb kann ich keinen Tee mehr trinken"

"Тому я не можу більше пити чай"

»Du meinst, weniger Tee kannst du nicht haben«, sagte der Hutmacher

— Ти маєш на увазі, що не можна пити менше чаю, — сказав капелюшник

"Es ist sehr einfach, mehr als nichts zu nehmen"

"Дуже легко взяти більше, ніж нічого"

Bei diesen Worten erhob sich Alice und ging fort

На це Аліса підвелася і пішла
Der Siebenschläfer schlief augenblicklich ein
Соні вмить заснула
und keiner der andern nahm die geringste Notiz davon, daß sie ging
І жоден з інших не звернув на неї анінайменшої уваги
obwohl sie ein- oder zweimal zurückblickte
Хоч вона озирнулася раз чи два назад
Sie versuchten, den Siebenschläfer in die Teekanne zu stecken
Вони намагалися посадити соню в чайник для заварювання
"Jedenfalls werde ich nie wieder dorthin gehen!" sagte Alice
"У всякому разі, я більше ніколи туди не поїду!" - сказала Аліса
Und sie ging ihren Weg durch den Wald
І пішла вона лісом
"Das war die dümmste Teeparty, auf der ich je war"
"Це було найдурніше чаювання, на якому я коли-небудь був"
Gerade als sie das sagte, bemerkte sie etwas
Як тільки вона це сказала, дещо помітила
Einer der Bäume hatte eine Tür, die direkt hineinführte
На одному з дерев прямо в нього вели двері
»Das ist sehr interessant!« dachte sie
«Це дуже цікаво!» — подумала вона
"Ich denke, ich kann genauso gut durch die Tür gehen"
"Я думаю, що я можу зайти в двері"
Und durch die Tür ging sie
І через двері вона увійшла
Wieder befand sie sich in der langen Halle
Вона знову опинилася в довгому залі
Wieder stand sie dicht an dem kleinen Glastisch
Вона знову наблизилася до маленького скляного столика
Sie nahm den kleinen goldenen Schlüssel
Вона взяла маленький золотий ключик
und sie schloß die Tür auf, die in den Garten führte

І вона відімкнула двері, що вели в сад

Dann machte sie sich daran, an dem Pilz zu knabbern

Потім взялася до роботи, гризучи гриб

Sie hatte ein Stück des Pilzes in ihrer Tasche aufbewahrt

Вона тримала шматочок гриба в кишені

Und schließlich war sie etwa einen Meter groß

І нарешті вона була близько метра на зріст

dann ging sie den kleinen Korridor hinunter

Потім вона пішла маленьким коридором

Und dann fand sie sich endlich in dem schönen Garten wieder

І ось вона нарешті опинилася в прекрасному саду

Und sie war zwischen den hellen Blumen und den kühlen Springbrunnen

І вона була серед яскравої квітки і прохолодних фонтанів

Der Krocketplatz der Königinnen

Майданчик для крокету королеви

Ein großer Rosenstrauch stand in der Nähe des Eingangs des Gartens

Біля входу в сад стояла велика троянда

Die Rosen, die an dem Baum wuchsen, waren weiß

Троянди, що росли на дереві, були білого кольору

aber es waren drei Gärtner, die die Rose bemalten

Але було троє садівників, які фарбували троянду

Sie waren damit beschäftigt, die Rosen rot zu färben

Вони діловито фарбували троянди в червоний колір

und Alice sah zu, wie sie die Rosen rot färbten

а Аліса дивилася, як вони фарбують троянди в червоний колір

und plötzlich fielen ihre Augen zufällig auf Alice

і раптом їхні очі випадково впали на Алісу

Alice sprach ein wenig schüchtern

— трохи несміливо промовила Аліса

»Würden Sie es mir bitte sagen?«

— Чи не могли б ви сказати мені, будь ласка?

"Warum malt ihr alle diese Rosen?"

— Чому ви всі малюєте ці троянди?

Fünf und Sieben sagten nichts, sondern sahen zwei an

П'ятеро і сім нічого не сказали, а подивилися на двох

zwei Sprecher, mit leiser Stimme

— тихим голосом заговорили двоє

»Nun, die Sache ist die, sehen Sie, gnädige Frau.«

— Річ у тім, що бачиш, пані.

"Das hier hätte ein roter Rosenstrauch sein sollen"

"Це мало бути червоне рожеве дерево"

"Und wir haben aus Versehen einen weißen Rosenstrauch hineingesetzt"

«І ми помилково посадили біле рожеве дерево»

"Wie Sie mir zustimmen würden, darf die Königin es nicht herausfinden"

"Як ви погодитеся, королева не повинна про це дізнатися"

"Sonst würden wir uns allen die Köpfe abschneiden"

"Інакше нам би всім відрубали голови"
"Sie sehen also, gnädige Frau, wir tun unser Bestes"
"Отже, бачите, пані, ми робимо все можливе"
Karte fünf hatte ängstlich über den Garten geschaut
Карта п'ята занепокоєно дивилася на весь город
**In diesem Augenblick rief die fünfte Karte: "Die Königin!
Die Königin!"**
У цей момент карта п'ята вигукнула: «Королева!
Королева!»
und die drei Gärtner eilten augenblicklich davon
І троє садівників миттю помчали геть
und sie warfen sich flach auf ihre Gesichter
І вони кинулися долілиць своїми
Man hörte das Geräusch vieler Schritte
Почулося багато кроків
Alice sah sich um, begierig darauf, die Königin zu sehen
Аліса озирнулася навколо, прагнучи побачити королеву
Am Anfang des Zuges standen zehn Soldaten
На початку процесії стояло десять воїнів
Ihre Hände und Füße waren in den Ecken
Їхні руки й ноги були по кутках
und in ihren Händen und Füßen waren Keulen
А в їхніх руках і ногах були палиці
Als nächstes kamen die zehn Höflinge
Далі йшли десять придворних
**die Höflinge waren über und über mit Diamanten
geschmückt**
Придворні були всюди прикрашені діамантами
Nach den Höflingen kamen die königlichen Kinder
Слідом за придворними прийшли і королівські діти
Es waren zehn der königlichen Kinder
Царських дітей було десятеро
und alle königlichen Kinder waren mit Herzen geschmückt
І всі царські діти були прикрашені серцями
Dann kamen die Gäste; Meist Könige und Königinnen
Далі йшли гості; В основному королі і королеви
und unter den Königen und Königinnen sah Alice jemanden

і серед королів і королеви Аліса побачила когось
Sie sah wieder das weiße Kaninchen, das sie gejagt hatte
Вона знову побачила білого кролика, за яким гналася
Der Prozession folgte der Spitzbube der Herzen
За процесією йшов покров сердець
Er trug die Krone des Königs
Він ніс корону короля
und die Krone des Königs lag auf einem purpurnen Samtkissen
А корона короля була на багряній оксамитовій подушці
Und dann kam das Ende dieser großen Prozession
І ось настав кінець цієї грандіозної процесії
Und da waren am Ende der König und die Königin der Herzen
І там в кінці були король і королева сердець
der Zug kam Alice gegenüber
процесія йшла навпроти Аліси
Und alle blieben stehen und sahen sie an
І всі вони зупинилися і подивилися на неї
Und die Königin sprach streng: "Wer ist das?"
І суворо сказала цариця: "Хто це?"
Sie sagte es zum Herzknaben
Вона сказала це Кницеві Сердець
aber er verbeugte sich nur und lächelte als Antwort
Але він лише вклонився і посміхнувся у відповідь
Alice sprach sehr höflich
Аліса говорила дуже ввічливо
"Mein Name ist Alice, also bitte, Eure Majestät"
"Мене звуть Аліса, тож будь ласка, ваша величність"
Aber sie hatte andere Gedanken für sich
Але в неї були інші думки
"Es ist doch nur ein Kartenspiel!"
— Зрештою, це лише колода карт!
»Kannst du Krocket spielen?« rief die Königin
«Ти вмієш грати в крокет?» — вигукнула королева
Die Frage war offenbar an Alice gerichtet
Питання, очевидно, було призначене для Аліси

"Ja!" sagte Alice laut

- Так, - голосно сказала Аліса

"Komm also spielen!" brüllte die Königin

«Тоді ходімо грати!» — заревіла королева

sprach eine schüchterne Stimme zu Alice

— промовив до Аліси несміливий голос

"Es ist ein sehr schöner Tag!"

«Дуже гарний день!»

Sie ging an dem weißen Kaninchen vorbei

Вона йшла біля білого кролика

und das weiße Kaninchen guckte ihr ängstlich ins Gesicht

і Білий Кролик тривожно заглядав їй в обличчя

»ein sehr schöner Tag,« bestätigte Alice

— Справді дуже гарний день, — підтвердила Аліса

»Wo ist die Herzogin?«

— А де ж герцогиня?

»Still! Still!" sagte das Kaninchen

— Тихіше! Тихіше!» — сказав Кролик

"Sie ist zum Tode verurteilt"

"Вона засуджена до розстрілу"

»Wofür wird sie hingerichtet?« fragte Alice

«За що її страчують?» – запитала Аліса

"Sie hat der Königin die Ohren abgewetzt", begann das Kaninchen

— Вона потерла вуха королеві, — почав кролик

schrie die Königin mit Donnerstimme

— крикнула королева голосом грому

"Ran an eure Plätze!"

— Ідіть на свої місця!

Und die Leute rannten in alle Richtungen herum

І люди почали бігати на всі боки

Und sie fielen alle aneinander

І всі вони попадали один на одного

Sie hatten sich jedoch in ein oder zwei Minuten beruhigt

Щоправда, за хвилину-другу вони влаштувалися

Und dann begann das Spiel

І тут почалася гра

Alice hatte noch nie einen so merkwürdigen Krocketplatz gesehen

Аліса ніколи не бачила такого цікавого майданчика для крокету

Das Gras bestand nur aus Graten und Furchen

Трава була вся гребенем і борознами

Die Krocketbälle waren echte Igel

Крокетні кульки були справжніми їжаками

und die Schlägel waren echte Flamingos

А молотки були справжніми фламінго

und die Soldaten standen auf Händen und Füßen

І воїни стояли на руках та ногах своїх

weil die Bögen aus ihren Körpern gemacht wurden

Тому що арки були зроблені з їхніх тіл

Die Spieler spielten alle gleichzeitig

Гравці всі грали одразу

Niemand wartete, bis er an der Reihe war

Своєї черги ніхто не чекав

und jeder stritt sich mit jedem

І всі посварилися з усіма

und alle kämpften für die Igel

І всі билися за їжаків

Bald geriet die Königin in eine wütende Leidenschaft

Незабаром королеву охопила шалена пристрасть

Und sie fing an, herumzustampfen und zu schreien

І вона почала тупотіти і кричати

»Hacken Sie ihm den Kopf ab!«

— Відрубати йому голову!

"Hack ihr den Kopf ab!"

— Відрубати їй голову!

"Hackt ihnen alle Köpfe ab!"

— Відрубати їм усі голови!

Wieder dachte Alice bei sich.

Знову подумала Аліса

"Sie lieben es schrecklich, hier Menschen zu enthaupten"

«Тут страшенно люблять обезголовлювати людей»

"Das große Wunder ist, dass überhaupt noch jemand am

Leben ist!"

«Велике диво в тому, що в живих залишився хтось!»

Sie sah sich nach einem Ausweg um

Вона шукала якийсь спосіб втечі

Sie bemerkte eine merkwürdige Erscheinung in der Luft

Вона помітила в повітрі цікаву появу

»Es ist die Cheshire-Katze,« sagte sie zu sich selbst

— Це Чеширський кіт, — сказала вона сама до себе

"Jetzt habe ich jemanden, mit dem ich reden kann"

"Тепер мені буде з ким поговорити"

"Wie geht es dir?" fragte die Katze

«Як ти живеш?» — спитав кіт

»Ich glaube nicht, daß sie ganz und gar fair spielen«, sagte Alice

"Я не думаю, що вони грають чесно", - сказала Аліса

Und sie hatte einen ziemlich klagenden Ton

I в неї був досить скаржливий тон

"Sie streiten sich alle so fürchterlich"

"Вони всі так страшенно сваряться"

"Man hört sich selbst nicht sprechen"

«Не чути, як сам говорить»

"Und sie scheinen sich nicht an irgendwelche Regeln zu halten"

"І вони, здається, не грають за жодними правилами"

die Katze stellte Alice mit leiser Stimme eine Frage

кіт тихим голосом запитав Алісу

"Wie gefällt dir die Königin?"

— Як тобі королева?

»Ich mag sie gar nicht,« sagte Alice

- Вона мені зовсім не подобається, - сказала Аліса

Alice dachte, sie könnte genauso gut zurückgehen

Аліса подумала, що з таким же успіхом могла б повернутися назад

Sie wollte sehen, wie das Spiel läuft

Вона хотіла подивитися, як проходить гра

Sie machte sich auf die Suche nach ihrem Igel

Вона вирушила на пошуки свого їжачка

Der Igel war damit beschäftigt, gegen einen anderen Igel zu kämpfen

Їжачок був зайнятий боротьбою з іншим їжачком

Das war eine ausgezeichnete Gelegenheit

Це була чудова нагода

Sie konnte einen Igel mit dem anderen krocketen

Вона могла переплітати одного їжачка з іншим

Aber ihr Flamingo war auf der anderen Seite des Gartens

Але її фламінго був по той бік саду

Der Flamingo war ziemlich tollpatschig

Фламінго був досить незграбним

Ihr Flamingo versuchte, gegen einen Baum zu fliegen

Її фламінго намагався злетіти на дерево

Sie packte den Flamingo am Bein

Вона спіймала фламінго за ногу

Und sie schob sich den Flamingo unter den Arm

І вона сховала фламінго під пахву

So konnte der Flamingo nicht mehr entkommen

Так фламінго більше не міг втекти

In diesem Augenblick traf Alice zufällig die Herzogin

Саме тоді Аліса випадково познайомилася з герцогинею

Die Herzogin war nun aus dem Gefängnis entlassen worden

Тепер герцогиня вийшла з в'язниці

Sie schob ihren Arm liebevoll unter Alices Arm

Вона ласкаво засунула руку під пахву Аліси

Und dann gingen sie zusammen fort

А потім вони разом пішли

Alice war sehr froh, sie in so angenehmer Laune zu finden

Аліса дуже зраділа, що застала її в такому приємному настрої

Sie erschrak jedoch ein wenig

Однак вона була трохи здивована

Sie hörte die Stimme der Herzogin dicht an ihrem Ohr

Вона почула близько до вуха голос герцогині

"Du denkst über etwas nach, meine Liebe"

"Ти про щось думаєш, мій любий"

"Und das lässt dich das Reden vergessen"

"І це змушує вас забувати говорити"

»Das Spiel geht jetzt etwas besser«, sagte Alice

"Зараз гра йде набагато краще", - сказала Аліса

Es war eine Möglichkeit, das Gespräch am Laufen zu halten

Це був один із способів підтримати розмову

»So ist es,« sagte die Herzogin

— Це справді так, — сказала герцогиня

"Und die Moral davon ist folgende."

"І мораль цього така: "

"Es ist die Liebe, die alles macht!"

«Це любов робить все!»

"Liebe ist das, was die Welt bewegt"

«Любов – це те, що змушує світ рухатися»

Alice hatte eine andere Erklärung

Алісі було інше пояснення

"Das macht jeder, der sich um seine eigenen
Angelegenheiten kümmert!"
«Це робить кожен, хто займається своєю справою!»
»Ah, gut! Du könntest Recht haben"
— А-а-а-а! Можливо, ви маєте рацію"
»Es bedeutet alles ziemlich dasselbe,« sagte die Herzogin
— Усе це означає приблизно одне й те саме, — сказала
герцогиня
und sie grub ihr spitzes kleines Kinn in Alices Schulter
і вона вп'ялася своїм гострим маленьким підборіддям у
плече Аліси
"Und die Moral davon ist folgende"
"І мораль цього така"
"Kümmere dich um die Sinne"
«Дбайте про почуття»
"Und dann erledigen sich die Klänge von selbst"
"І тоді звуки самі про себе подбають"
Aber dann fing der Arm der Herzogin an zu zittern
Але тут у герцогині почала тремтіти рука
Alice blickte auf und da stand die Königin
Аліса підвела очі, а там стояла королева
Die Königin hatte die Arme verschränkt
Королева склала руки
Und sie runzelte die Stirn wie ein Gewitter!
І вона хмурилася, як гроза!
»Ich warne dich!« schrie die Königin
— Я вас справедливо попереджаю, — вигукнула королева
Und sie stampfte auf den Boden, während sie sprach
І вона тупотіла по землі, коли говорила
"Entweder dein Kopf oder ihr Kopf muss ausgeschaltet sein"
"Або у тебе повинна бути відірвана голова, або її голова"
"Treffen Sie Ihre Wahl!"
«Роби свій вибір!»
"Und beeilen Sie sich"
"І не поспішай"
Die Herzogin traf ihre Wahl
Герцогиня зробила свій вибір

und in einem Augenblick war die Herzogin verschwunden

І за мить герцогиня зникла

Da sprach die Königin zu Alice

Тоді королева заговорила з Алісою

"Weiter geht's mit dem Spiel"

"Продовжимо гру"

Alice war zu erschrocken, um ein Wort zu sagen

Аліса була надто налякана, щоб вимовити хоч слово

und langsam folgte sie ihrem Rücken zum Krocketplatz

І вона повільно пішла за нею спиною до майданчика для крокету

Die ganze Zeit stritt sich die Dame mit den anderen Spielern

Весь цей час королева сварилася з іншими гравцями

»Hacken Sie ihm den Kopf ab!«

— Відрубати йому голову!

"Hack ihr den Kopf ab!"

— Відрубати їй голову!

"Hackt ihnen alle Köpfe ab!"

— Відрубати їм усі голови!

Bald waren alle Spieler in Gewahrsam

Незабаром всі гравці опинилися під вартою

nur der König, die Königin und Alice blieben zurück

залишилися тільки король, королева і аліса

Da ging die Königin, ganz außer Atem

Тоді королева пішла, зовсім захекана

und sie ging mit Alice fort

І вона пішла з Алісою

Alice hörte, wie der König leise etwas sagte

Аліса почула, як король тихо щось сказав

"Ihr seid alle begnadigt"

"Ви всі помилувані"

aber plötzlich hörte man einen neuen Schrei

Але раптом почувся ще один крик

"Der Prozess beginnt!"

«Суд починається!»

und Alice lief mit den andern

і Аліса побігла разом з іншими

Wer hat die Torten gestohlen?

Хто вкрав пироги?

Der Herzkönig und die Herzkönigin saßen

Сиділи король і королева сердець

sie saßen auf ihrem Thron, als Alice ankam

вони були на своєму троні, коли прибула Аліса

Eine große Menschenmenge war um sie herum versammelt

Навколо них зібрався великий натовп

Es gab allerlei kleine Vögel und Bestien

Там були всякі маленькі пташки і звірі

Und da war das ganze Kartenspiel

І там була ціла колода карт

Der Spitzbube stand in Ketten vor ihnen

Перед ними стояв книш, у кайданах

und auf jeder Seite war ein Soldat, der ihn bewachte

І був по одному воїну з обох боків, щоб стерегти його

in der Nähe des Königs war das weiße Kaninchen

біля короля сидів білий кролик

Er hatte eine Trompete in der einen Hand

В одній руці він тримав трубу

Und in der andern Hand hielt er eine Pergamentrolle

А в другій руці в нього був сувій пергаменту

In der Mitte des Platzes stand ein Tisch

Посеред двору стояв стіл

Auf dem Tisch stand eine große Schüssel mit Torten

На столі стояло велике блюдо з пирогів

**"Ich wünschte, sie würden den Prozess zu Ende bringen",
dachte Alice**

"Я б хотіла, щоб вони довели справу до кінця", —
подумала Аліса

"Dann könnten wir etwas von diesen Erfrischungen essen!"

— Тоді ми могли б з'їсти трохи цих закусок!

Der Richter war übrigens der König
Суддею, до речі, був король
und er trug seine Krone über seiner großen Perücke
I він носив свою корону поверх своєї великої перуки
»Das ist die Loge der Geschworenen!« dachte Alice
"Це ложа для присяжних", — подумала Аліса
"Und diese zwölf Geschöpfe, ich nehme an, sie sind die Geschworenen"
"I ці дванадцять створінь, я гадаю, вони є присяжними"
einige waren Tiere, andere waren Vögel
Деякі з них були тваринами, а деякі – птахами
In diesem Augenblick schrie das weiße Kaninchen auf
I тут білий кролик скрикнув
"Schweigen im Gericht!"
— Тиша в суді!

»Herold, lesen Sie die Anklage!« sagte der König

«Віснику, прочитай обвинувачення!» — сказав король

Das weiße Kaninchen blies drei Stöße auf die Trompete

Білий кролик засурмив у трубу три удари

dann entrollte er die Pergamentrolle

Потім він розгорнув сувій пергаменту

Und er las folgendes:

А він прочитав таке:

"Die Königin der Herzen, sie hat ein paar Torten gebacken."

"Королева сердець, вона приготувала кілька пирогів",

"All das tat sie an einem Sommertag"

"Все це вона робила в літній день"

"Der Schurke der Herzen, er hat diese Torten gestohlen"

«Хлопець сердець, він украв ті пиріжки»

"Und er hat diese Torten weit weg gebracht!"

— І він відніс ті пиріжки далеко!

»Rufen Sie den ersten Zeugen,« sagte der König

— Покличте першого свідка, — сказав король

und das weiße Kaninchen blies drei Stöße auf die Trompete

І білий кролик засурмив у сурму три удари

»Bringt den ersten Zeugen!« rief er

«Приведіть першого свідка!» — вигукнув він

Der erste Zeuge war der Hutmacher

Першим свідком був виробник капелюхів

Er kam mit einer Teetasse in der einen Hand herein

Він увійшов з чашкою чаю в одній руці

Und in der anderen Hand hatte er ein Stück Brot und Butter

А в другій руці в нього був шматок хліба та масло

»Du hättest fertig sein sollen,« sagte der König

— Треба було скінчити, — сказав король

"Wann hast du angefangen?"

— Коли ти почав?

Der Hutmacher schaute sich den Märzhasen an

Капелюшник подивився на маршового зайця

Der Märzhase war ihm in den Hof gefolgt

Березневий заєць пішов за ним у двір

Er war Arm in Arm mit dem Siebenschläfer gegangen

Він ішов під руку з сonю

»Ich glaube, es war der vierzehnte März«, sagte er

"Чотирнадцятого березня, я думаю, що так і було", - сказав він

»Geben Sie Ihre Aussage,« sagte der König

— Дайте свої свідчення, — сказав король

"Und sei nicht nervös, sonst lasse ich dich auf der Stelle hinrichten"

"І не нервуй, а то я тебе страчу на місці"

Das schien den Zeugen überhaupt nicht zu ermutigen

Це, схоже, зовсім не підбадьорило свідка

Er rutschte immer wieder von einem Fuß auf den anderen

Він постійно перевалювався з однієї ноги на іншу

und er sah die Königin unruhig an

І він неспокійно глянув на королеву

und in seiner Verwirrung biß er ein großes Stück aus seiner Teetasse

І, розгубившись, відкусив великий шматок зі своєї чайної чашки

Eigentlich wollte er von seinem Brot und seiner Butter beißen

Насправді він хотів відкусити свій хліб з маслом

In diesem Augenblick fühlte Alice eine sehr merkwürdige Empfindung

Саме в цей момент Аліса відчула дуже цікаве відчуття

Sie fing an, wieder größer zu werden

Вона знову починала збільшуватися

Der unglückliche Hutmacher ließ seine Teetasse fallen

Нещасний капелюшник упустив свою чашку з чаєм

und das Brot und die Butter fielen zu Boden

І хліб з маслом упали на землю

und er fiel auf die Knie

І він опустився на одне коліно

»Ich bin ein armer Mann, Eure Majestät,« begann er

— Я бідна людина, ваша величносте, — почав він

»Du bist ein sehr schlechter Redner,« sagte der König

— Ти дуже бідний оратор, — сказав король

»Du darfst gehen,« sagte der König

— Можеш іти, — сказав король

und der Hutmacher verließ eilig den Hof

І капелюшник квапливо покинув двір

»Rufen Sie den nächsten Zeugen her!« sagte der König

«Покличте наступного свідка!» — сказав король

Der nächste Zeuge war die Köchin der Herzogin

Наступним свідком став кухар герцогині

Sie trug die Pfefferdose in der Hand

Вона несла в руці коробочку з перцем

Und die Leute in der Nähe der Tür fingen auf einmal an zu niesen

І люди біля дверей одразу почали чхати

»Geben Sie Ihre Aussage,« sagte der König

— Дайте свої свідчення, — сказав король

»Ich will nichts beweisen,« sagte die Köchin

— Я не дам жодних доказів, — сказав кухар

Der König sah das weiße Kaninchen ängstlich an

Король занепокоєно подивився на білого кролика

Und das weiße Kaninchen sprach mit leiser Stimme

І білий кролик заговорив тихим голосом

"Eure Majestät müssen diesen Zeugen ins Kreuzverhör nehmen"

"Ваша Величність повинна провести перехресний допит цього свідка"

»Nun, wenn ich muß, so muß ich,« sagte der König

— Ну, якщо треба, то мушу, — сказав король

"Woraus bestehen Torten?"

«З чого роблять пироги?»

»Torten werden meistens aus Pfeffer gemacht«, sagte die Köchin

— Пироги переважно з перцю, — сказав кухар

Einige Minuten lang war der ganze Hof in Verwirrung

Кілька хвилин весь суд перебував у сум'ятті

Schließlich ließen sie sich alle wieder nieder

Врешті-решт вони всі знову влаштувалися

Aber da war die Köchin schon verschwunden

Але на той час кухар зник
»Macht nichts!« sagte der König
— Нічого, — сказав король
"Rufen Sie den nächsten Zeugen in den Zeugenstand"
«Покличте на трибуну наступного свідка»
Alice beobachtete das weiße Kaninchen, wie es an der Liste herumfummelte
Аліса спостерігала за білим кроликом, поки він перебирав список
Sie können sich vorstellen, wie überrascht sie war, als sie das hörte, was sie als nächstes hörte
Ви можете уявити її здивування від того, що вона почула далі
Mit lauter schriller kleiner Stimme rief er den Namen »Alice!«
на весь свій пронизливий голос він гукнув ім'я «Аліса!»

Alices Beweise
Докази Аліси

»Hier!« rief Alice

- Ось, - вигукнула Аліса

Sie sprang in großer Eile auf

Вона дуже поспішно схопилася

und sie kippte die Geschworenenloge um

І вона перекинулася через ложу присяжних

und sie warf alle Geschworenen um

І вона перекинула всіх присяжних

und sie fielen auf die Köpfe der Menge unten

І впали вони на голови народу внизу

Alice war in großer Bestürzung

Аліса була дуже збентежена

»Oh, ich bitte um Verzeihung!« rief sie aus

«О, я прошу вибачення!» — вигукнула вона

»Der Prozeß kann nicht fortgesetzt werden,« sagte der König

— Суд не може продовжуватися, — сказав король

"Die Geschworenen müssen wieder an ihre angestammten Plätze zurückkehren"

«Присяжні повинні повернутися на свої місця»

Er wiederholte den Befehl mit großem Nachdruck

Він повторив наказ з великим наголосом

und er sah Alice streng an

і він суворо подивився на Алісу

"Was weißt du über diese Ereignisse?" fragte der König Alice

«Що ти знаєш про ці події?» — запитав король у Аліси

»Ich weiß nichts von der Sache,« sagte Alice

— Я нічого не знаю на цю тему, — сказала Аліса

Dann las der König aus seinem Buch vor

Потім цар прочитав уривок зі своєї книги

"Regel zweiundvierzig"

"Правило сорок другий"

"Alle Personen, die mehr als eine Meile hoch sind, sollen das Gericht verlassen"

«Усі особи, зростом яких більше ніж миля, повинні

залишити суд»
»Ich bin keine Meile hoch,« sagte Alice
— Я не маю ні милі зросту, — сказала Аліса
»Fast zwei Meilen hoch,« sagte die Königin
— Майже дві милі заввишки, — сказала королева

»Nun, ich weigere mich zu gehen,« sagte Alice
– Ну, я відмовляюся йти, – сказала Аліса
Der König erbleichte
Король зблід
und er schloß hastig sein Notizbuch
І він поспіхом закрив свій записник
»Überlegen Sie sich Ihr Urteil«, sagte er zu den Geschworenen
"Розгляньте свій вердикт", - сказав він присяжним
Er sprach mit leiser, zitternder Stimme
— говорив він низьким, тремтячим голосом
Da sprach das weiße Kaninchen
Тоді заговорив білий кролик

"Es werden noch mehr Beweise kommen"
«Ще є більше доказів»
und er sprang in großer Eile auf
І він у великому поспіху схопився
"Dieses Papier wurde gerade abgeholt"
"Цей папір щойно підібрали"
"Es scheint ein Brief des Gefangenen zu sein"
«Здається, це лист, написаний в'язнем»
Er faltete das Papier auseinander, während er sprach
Говорячи, він розгортав папір
"Es ist doch kein Brief"
"Це все-таки не лист"
"Was es war, war eine Reihe von Versen"
«Це був набір віршів»
»Bitte, Eure Majestät,« sagte der Spitzbube
— Будь ласка, ваша величносте, — сказав книш
"Ich habe diese Verse nicht geschrieben"
"Я не писав цих віршів"
"und sie können nicht beweisen, dass ich etwas geschrieben habe"
"і вони не можуть довести, що я щось написав"
"Am Ende ist kein Name unterschrieben"
"В кінці немає підписаного імені"
Der König sprach mit dem Spitzbuben
Король заговорив до книша
"Du musst vorgehabt haben, Unheil anzurichten"
«Ти, мабуть, хотів спричинити якесь лихо»
"Sonst hättest du wie ein ehrlicher Mann unterschrieben"
«Інакше ти підписав би своє ім'я, як чесна людина»
Es gab ein allgemeines Händeklatschen
Почулося загальне плескання в долоні
Und der König wandte sich an das weiße Kaninchen
І король обернувся до білого кролика
»Lest die Verse!« befahl er.
— Прочитай вірші, — наказав він
Es herrschte Totenstille im Gerichtssaal
У дворі запала мертва тиша

und das weiße Kaninchen las die Verse vor
І білий кролик зачитав вірші
Sie sagten mir, du wärst bei ihr gewesen
Вони сказали мені, що ви були у неї
Und sie erwähnten mich ihm gegenüber
І вони згадали про мене перед ним
Sie gab mir einen guten Charakter
Вона дала мені хороший характер
Aber sie sagte, ich könne nicht schwimmen
Але вона сказала, що я не вмію плавати
Er ließ ihnen wissen, dass ich nicht gegangen sei
Він надіслав їм звістку, що я не пішов
Wir wissen, dass es wahr ist
Ми знаємо, що це правда
Wenn sie die Sache vorantreiben sollte, was würde aus dir
werden?
Якщо вона наполягатиме на цьому, що з вами станеться?
Ich gab ihr einen, sie gaben ihm zwei
Я дав їй одну, а вона дала йому два
Du hast uns drei oder mehr gegeben
Ви дали нам три або більше
Sie sind alle von ihm zu dir zurückgekehrt
Вони всі повернулися від нього до тебе
obwohl sie vorher meine waren
Хоча раніше вони були моїми
Wenn ich oder sie die Chance haben sollte,
Якби я чи вона мали шанс бути
Wenn ich oder sie in diese Affäre verwickelt wäre
Якби я чи вона були замішані в цій справі
Er vertraut auf dich, dass du sie befreien wirst
Він довіряє вам, що ви звільните їх
Genau so wie wir waren
Точнісінько так, як ми були
Ich hatte den Eindruck, dass Sie
Моя думка полягала в тому, що ти був
Bevor sie diesen Anfall hatte
Раніше у неї був такий припадок

Ein Hindernis, das dazwischen kam

Перешкода, яка виникла між

Er und wir und es

Його, і нас самих, і воно

Lass ihn nicht wissen, dass sie ihr am besten gefallen haben

Не давайте йому зрозуміти, що він їй подобається більше

Denn dies muss für immer ein Geheimnis bleiben, das vor allen anderen verborgen bleibt

Бо це навіки має бути таємницею, яку приховують від усіх інших

Dieses Geheimnis muss ein Geheimnis zwischen dir und mir bleiben

Ця таємниця повинна залишатися таємницею між тобою і мною

Der König war sehr beeindruckt

Король був дуже вражений

"Das ist das wichtigste Beweisstück, das wir bisher gehört haben"

«Це найважливіший доказ, який ми чули»

»Ich glaube nicht, daß diese Verse auch nur ein Atom Bedeutung haben,« wandte Alice ein

— Я не вірю, що ці вірші несуть у собі атом сенсу, — заперечила Аліса

der König hatte seine eigene Meinung zu dieser Angelegenheit

У короля була своя думка з цього приводу

"Wenn diese Worte keinen Sinn haben, erspart das eine Menge Ärger"

«Якщо в цих словах немає сенсу, це рятує світ неприємностей»

"Dann brauchen wir nicht zu versuchen, den Sinn zu finden"

"Тоді нам не потрібно намагатися знайти сенс"

"Lassen Sie die Geschworenen über ihr Urteil nachdenken"

«Нехай присяжні розглянуть свій вердикт»

»Nein, nein!« sagte die Königin

— Ні, ні, — сказала королева

"Erst die Verurteilung, dann das Urteil"
«Спочатку вирок, а потім вирок»
"Zeug und Unsinn!" sagte Alice laut
"Дурниці та дурниці!" – голосно сказала Аліса
"Wie dumm ist es, den Angeklagten zuerst zu verurteilen!"
— Як же безглуздо спочатку виносити вирок підсудному!

»Schweige!« sagte die Königin und färbte sich violett an
«Тримай язика за зубами!» — сказала королева, стаючи
фіолетовим
"Ich werde nicht den Mund halten!" sagte Alice
"Я не буду тримати язика за зубами!" – сказала Аліса
schrie die Königin aus voller Kehle
— крикнула королева на весь голос
"Hack ihr den Kopf ab!"
— Відрубати їй голову!
Niemand machte eine Bewegung
Ніхто не зробив жодного руху
"Wen kümmert es, was du sagst?" sagte Alice

"Кому яке діло, що ти говориш?" - сказала Аліса

Zu diesem Zeitpunkt war sie bereits zu ihrer vollen Größe herangewachsen

До цього часу вона виросла до свого повного розміру

"Du bist nichts als ein Kartenspiel!"

— Ти не що інше, як колода карт!

Bei diesen Worten hoben sich alle Karten in die Luft

При цьому всі карти піднялися в повітря

und alle Karten flogen auf sie herab

I всі карти полетіли на неї

Sie stieß einen kleinen Schrei aus

Вона ледь чутно скрикнула

Sie war halb erschrocken, aber auch wütend

Вона була наполовину налякана, але й зла

Und sie versuchte, sich gegen die Karten zu wehren

I вона намагалася відбити карти від себе

Und dann fand sie sich auf der Grasbank liegend

I тут вона опинилася лежачи на березі трави

Ihr Kopf lag im Schoß ihrer Schwester

Її голова була на колінах у сестри

Einige abgestorbene Blätter waren auf ihrem Gesicht gelandet

На її обличчя впали якісь мертві листи

und ihre Schwester wischte vorsichtig die Blätter weg

А її сестра обережно змахувала листя

»Wach auf, liebe Alice!« sagte die Schwester

«Прокинься, Алісо дорогенька!» — сказала її сестра

"Was für einen langen Schlaf hast du gehabt!"

— Який у вас був довгий сон!

"Oh, ich habe so einen merkwürdigen Traum gehabt!" sagte Alice

- О, мені приснився такий цікавий сон, - сказала Аліса

Und sie erzählte ihrer Schwester alles, woran sie sich erinnern konnte

I вона розповіла сестрі все, що могла пам'ятати

all die seltsamen Abenteuer, von denen Sie gerade gelesen haben

Всі дивні пригоди, про які ви тільки що читали
Alice stand auf und rannte davon
Аліса підвелася і втекла
Und während sie lief, dachte sie an ihren Traum
І вона думала, поки бігла, про свою мрію
"Was für ein wunderbarer Traum das gewesen war!"
— Який це був чудовий сон!

www.ingramcontent.com/pod-product-compliance
Lightning Source LLC
Chambersburg PA
CBHW011045190726
48290CB00011B/3009